回憶打著大大的糖果結

給孩子的情書

吳鈞堯

輯一

萬物的名字

輯二

與風雨結婚

輯三

長大的童話

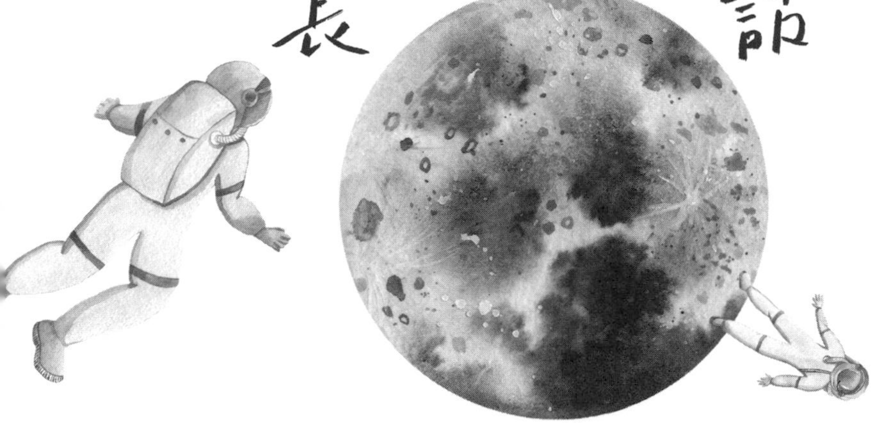

輯一

萬物的名字

依自己為原點，雙腳做半徑，
我們不是要畫地稱王；
孩子，你要走的路有荒涼、有暗巷，
更有塵囂，
爸爸只是你走向他方的一座橋。

來，學我開口認世界

我已許久不問孩子「你是哪裏人」，
但孩子啊，
要記得當你喊爸爸的時候，你看著我，
當你喊任何一個名的時候，
也要在心裏望著它。

父親教孩子學話，有幾個關鍵語，「來，喊爸爸、媽媽」、「喊爺爺、奶奶」。再一個進階是教孩子認識他是哪裏人。我多次帶孩子返金門故鄉，最早的一回是他快滿兩歲。二十世紀末，數位時候正在倒數，我買過V8與D8攝影機，都為記錄孩子成長。

秋末時節，三合院了無人煙。伯父已搬離，於自家田埂蓋新的樓厝。廚房的灶很久沒熱過了，飲料罐、菸盒，歪倒在垃圾桶邊，骯髒、委屈，像一群流浪的孩子。不再有人扛廳堂內的桌子扛到中庭，只為了夏涼用餐，也享用一陣陣好風。房子沒有生活痕跡。我們闖入的聲音顯得粗魯，也枯了些、乾了些。我跟孩子說，這是爸爸的家，正想說這也是你的家，卻是說不出來。

我偷偷開啟攝影機，記錄孩子與故鄉的初履。兩歲大的孩子有著莫名的忸怩。只消洞察到攝錄鏡頭朝著他，就躲開、跑開，或者乾脆，摀住臉。孩子，無論你閃到天涯海角，無論你是否認同你殘破的故土，它們始終是你的連繫。

你或者一年回來看它幾趟，或幾十年想過它幾回，它，不會有任何的增減。

它的存在是不滅的。就像我，離開故鄉數十年了，當你能走、能跑，就急著帶你回來，讓你看爸爸的家，以及你的根源。我領你探看屋宅，正房睡爺爺、奶奶，我跟我的姊姊、哥哥與弟弟擠廂房狹隘的床。側門長年擺著針車，我的母親、你的奶奶，一身針黹好工夫，她踩動的針車答答聲，直到此刻還在回答我。我該是坐在中庭的板凳上，學著說爸爸、媽媽；也該是為了追逐闖進中庭的雞鴨，第一回獨自跨過門檻。那一道家與外界的界線。

孩子，再過幾年，你會讀到唐朝詩人賀知章的詩句，「少小離家老大回」，或者成語「衣錦還鄉」。我沒為故鄉、為老家增添什麼榮耀，但有了你，你就是時間的延續。

孩子躲著錄影，索性不記錄了。宅院默默長了青苔，台階隙縫與向陰的牆角，鎖著屋裏最深的濕氣，很可能，我思念的淚水悄悄流向它們，他們長得深綠，悶得黝黑，它們說，那是遊子思鄉的顏色。

宅院默默，孩子也默默，只我內心喧嘩。鄰居發覺有人，探頭張望，我先喊了伯伯、嬸嬸，他們才認出來客不是客，只是走得太遠的孩子。

我跟他們說了來意，帶孩子給祖先、眾神看看，他們讚許地點頭，持鋤頭，上山除草。孩子跟隨伯嬸走上屋外斜斜的土坡，望著他們走遠，彷彿若有所思。秋風刮掃腳邊雜草，枯草一叢一叢，排列像北斗，你尋一叢、走向下一叢，像好奇綠意去了哪裏了？怎麼不見了？是到土堆裏，還是翻身一飛到了天上？你低頭、抬頭，兩歲大的孩子，卻非常地賀知章。我記錄下不可思議的一刻。那讓我相信，儘管你沒住過這宅院、不曾在中庭遊戲以及跌疼膝蓋，不像我老愛站在土坡上，看慢慢的夕陽，漸漸把黃的、紅的以及幾種煙薰，勾芡成濃稠的念。當時，經常有鳥飛過滿天晚霞，奔飛的速度總是極快，只教我看出牠們的翅膀，卻認不出是哪一種鳥。所有的曾經，你都不曾，卻隱約有思。

「你說，你當時想什麼呀？」我把攝錄的影像接上電視，闔家觀賞，已是孩子讀高中以後。孩子已不記得了。影片中的孩子，身高不足一米，現在則接近一米八，關於人生、未來，自有看法。我已許久不問孩子「你是哪裏人」，當然也早過了學「來，喊爸爸」的年歲；孩子啊，我們對世界的發音，會越來越複雜，它們未必都走在正確的軌道上，但要記得當你喊爸爸的時候，你看著我，當你喊任何一個名的時候，也要在心裏望著它。

特別記得孩子四歲時，我們一起返鄉，不焚香，僅雙掌合十，在宅院廳堂，與爺爺、奶奶述說，我們回來了。那次，孩子終於不躲，我沒能帶上攝影裝備，卻記得清晰。

更多的時候，我是一個人回鄉。未必能在日間，多是深夜，我孤單一個人，推開沒鎖上的門閂，哎呀一聲，兩扇門，成了兩片殘月，我走進中庭，彷彿它成了乾坤。我掏檢口袋，找到菸，點上，再點上。或夏夜，或在冬凜，我不畏懼眼前窮黑，喃喃地走進中庭與廳堂，喃喃地，存取我與宅院的故事，跟它以及你們說，我是你們永遠的孩子。

你常說，我們家族

「我們家族」它是連天、地、神明
以及宇宙萬物都包攏進來了，
它是一個空間觀，更是一種時間觀。
孩子，以後你便是以爺爺為最小的圓，
漸漸擴大了我們家族……

常說，記憶是一個人最滿的寶藏，但很少人說，寶藏的厚、薄，多、少，並不會憑空而至。該說，要落春雨，也該有春雨的氣候。

孩子，關於記憶寶藏的創造，我所觀察到的，經常是長輩慎重如節慶，晚輩則輕忽，或閃躲相機鏡頭，或裝無辜，更甚者當起局外人，顧盼自己的天氣。

你如果看過奶奶翻閱老相簿，對著照片指指點點，就該知道照片是她的生命軌跡。照片上沒有文字，如果有，奶奶也看不懂，但可以透過相本，訴說每一張照片。她曾在外婆家，就著牆上懸掛的家族合影，從黑白的顏色線索，找出青春的、童年的彩色線頭。當時我的母親、你的奶奶，眼睛忽然有了光。水潤潤的光，有淚水、歡笑以及離別。

我們總不斷告別時間，一張照片真的為我們停格了，那句大家都知道的俗濫字句，「剎那成永恆」，不是沒有道理的。

你小時候有句口頭禪，「我們家族」。我們家族去吃飯、去爬山、去賞鳥，所謂的「我們家族」僅你、我，以及你的媽媽。如果你住鄉下，就會知道家族的龐大。它的構造是連天、地、神明以及宇宙萬物都包攏進來了。它是一個空間觀，互有聯繫的人住在哪些村落、透過什麼活動密切連結？它更是一種時間觀，我們的祖先、鄰居的先祖，來自哪一座山坳、發源自什麼盆地或丘陵？如果你跟我一樣，待過農村，就不至於夸夸地說「我們家族」。

因為你的語氣太輕了，輕得讓我以為，我們跟天地沒有了連結。這是都市化的弊病，少子化的通病。我們過度地獨立，導致變得孤獨；常常關起大門，跟著關上不該關的門。所以，我必須幫你開門。有一回，我邀了爺爺同遊日月潭。他老人家一輩子沒有什麼旅遊經驗，我興奮地說訂好房間、訂好車票，還有下週就要出發，該帶的衣物莫忘了……，沒料到我的叮嚀造成他的緊張，才住進飯店就病倒。

出遠門，我都會帶解痛錠、感冒藥等，忙取出來給他吃。沒那麼快好，父親疲倦地躺坐沙發，頭髮斑白雜亂，連鬍鬚也沒剃。你爺爺素來不修邊幅，接他到車站，看見他滿臉鬍鬚仍感驚訝。我帶了刮痧板跟疼痛藥膏，讓他脫上衣躺好。他皮膚乾燥，藥膏才抹上，就被吸收了，像是乾渴極了的身體。

你剛開始很有耐心地等在一旁，慢慢失去耐性，拖著略好轉的爺爺，像「騙孩子」一般地說，「生病的人，得多運動才會好。」爺爺被你逗笑，果真變得精神，攜手一起走。

從飯店高處望，日月潭像一面寶藍色小鏡子，浮在層層疊翠的樹浪上，陽光突圍雲間，湖面亮得讓人睜不開眼。父親答允同遊讓我意外，仔細一想，你就是答案了。爺爺不慣常走動，他認為旅行是愚蠢到家的事，想不懂怎有人千辛萬苦拖著重行李，趕路、趕著崎嶇、趕著山窮水盡，不正是花冤枉錢，活受罪？

我邀他時，他老是說，「再怎麼看，還不都是一個樣，有什好看的？」到底去或不去？經我多回勸說，爺爺還是點頭，為你出發了。

你讀幼稚園時，我安排你先到爺爺家，我下班後再去接，你才漸漸知道「我們家族」，是一個擴大的圓。你當時與爺爺不熟，每逢過節吃飯，總嚷著要走。

你下課回爺爺家，爺孫倆安分守己看電視，井水不犯河水狀，彷彿是彼此的客人，終於是在三個月後，打成一片。起初是爺爺去鬧你，追著說要親，你忙著跑。後來是你騎上爺爺的肩頭，抓頭髮當馬鬃，急得一旁餵飯的奶奶說，「阿公頭髮沒洗，有頭皮屑，很髒。」爺爺被騎，卻似國王坐輦，神態得意。爺爺吃完飯，再去親你，你躲無可躲，賞爺爺一頓小拳，打他的背、肩膀與大腿，爺爺大聲斥喝，「這麼大膽，連阿公都敢打？」

父親聲音雖大，卻滿眼瞇笑。而今父親才剛有精神，便被你拉著，逛日月潭。孩子，以後你便是以爺爺為最小的圓，漸漸知道堂兄弟、表哥表姊、姑姑跟姑丈等，我們家族原是一個同心圓。

我曾在大陸遊旅參訪，正逢十一連假收假，動車月台擠滿送行的人。電影場景盡現眼前。父母與孩兒、兄長與弟妹、情人與情人，讓動車的啟動，都無限哀戚了。大陸大，一別就是天涯，台灣小，一別也是天涯。孩子，我們的幸運之處是與爺爺住家，不過幾里路，車程十分鐘、步行三十分鐘，但無論近或遠，如果沒有連結的心意，咫尺也是天涯。所以我們共抵日月潭，登小舟，船隻啟動，水轉山轉。

匆匆歲月過，你已從幼稚園而為高中生，與我齊高，再難賴著我撒嬌，也無法騎上父親肩頭。父親老在回味，他與我們的日月潭。人生的春雨不分老、少，當它落著時，你、我以及爺爺，便都有共同的故事了。

父親不再叨唸旅遊，不再說，再怎麼看，還不都是一個樣子了。

所有的甜，都是鄉愁

兒童節放假了。
這一天我們不再「兒童」，
但各有線索，找到我們還是兒童的時候。
所以到了這一天，如果你有糖，
請記得給我，也別忘了爺爺。
孩子，你該知道，所有的甜，都是鄉愁。

孩子，如何驗證你真正長大？我找到一個證據，那在於不斷回溯你的「小時候」，尤在家族聚會，親友偕他們的孩子與會，或三、五歲，或七、八歲，任何的年歲都像釣餌，吸引我一針一線，勾勒你。認真聽的親友不會太多，因為眼前正有可愛的娃兒，舞躍他們的小時候。這無損我的興頭，我透過述說，讓你又小了一回。

你且會跟我品評，誰家的孩子帥、誰家的又乖一點，孩子，當你有能力看到每一個孩子的不同，意謂你距離他們更遠了。孩子不聽話時，大人慣常以「長大後」等鼓勵，有一回你氣不過地說，「我不要長大，我要長小。」這麼多年過去，長大、長小以及變老，都不是人可以做主的，但人間有情，我們賦與時間臉色，日子便有紅、有白，有時候還非常情緒，比如四月四日台灣「兒童節」，以往，它只紀念不放假，而今，你跟我早不兒童，反倒都放「兒童節」。

我們像是占了誰的便宜，感到些羞赧；也像是誰還給了公道，補發漏放的假期。

孩子，我也曾經「兒童」，有屬於我的兒童節。學校擇在那時節頒發月考獎品。獎品以報紙包裹，捲成圓桶狀，填放筆記本、鉛筆，老師以書法在紅紙上寫好名次，鄭重貼在捲妥的報紙上。紅色底、黑筆字，整份禮物都在微笑，當被唱名跑上頒獎台，我臉蛋紅、朝氣飽，鞠躬受獎。台下傳來掌聲，我羞愧盯著地板，不敢抬頭看任何一個人。

你在兒童時期也常受獎。早春時節，朝曦裹涼意，操場微凍，爬上你背脊，但你知道待會即將上台，一個心都是慌，且能慌出好幾滴汗水。一個人的榮光，多乍閃即過，忘了該說的話、該謝的人，甚至忘了自己怎麼上去與下來。孩子，最難對付的時刻除了挫敗，竟還有屬於我們的光榮時。

古人說四十不惑，是因為很多疑惑，得有了些年紀，才能漸次摸索，像是那份早已不存在的禮物。它不僅裝填鉛筆與筆記本，還有滿滿的鄉愁。四十不惑？四十其實更多愁。

雖常叮囑你少吃糖，但我也曾被糖誘惑。對還是兒童的我來說，真正的禮物是透明塑膠袋裏的糖果。頒獎典禮後，不管成績誰優誰劣，一律人手一袋。我們拎著一袋糖，很滿足了，以為掌握了什麼寶藏。

上、下學集合時，校長每次說話，都以「兒童是國家未來的棟梁、是未來的主人翁」等督勉學生，在兒童節這一天，越發強調。孩子，我也該如此期許你嗎？當然不，我希望你飛得高、希望你好，但更要你知道，你要的是什麼？

人的任何追索，都會被時間一改再改，我在年少時節，就一度渴望為民族大業，拋頭顱、灑熱血。彼時，我在前線金門就讀國小，兩岸對峙時，教育原則都在敵視與抹滅，心理教育更不可缺，國小走廊中，貼了馬援、史可法、文天祥等畫像跟傳記。他們安靜，但充滿語言，怎麼地殺身成仁、捨生取義，怎麼地，以一個人的血，圓民族的魂。我一遍遍讀著，就變為他們了，在某個午後，撥開棒球帽內襯，拿原子筆，在不易著力的織布上，一字一字寫下「人生自古誰無死，留取丹心照汗青」當座右銘。

那一年，我是八歲或十歲，滿腦子犧牲奉獻，要學名將馬援。孩子，你聽著聽著，忍不住就笑了。時代改了，你不知道馬援「馬革裹屍」的氣慨，祖逖與「聞雞起舞」是非常舊的年代，而今，你是想方設法，希望我允許你玩 Wii 或 PS3 遊戲，讓你與虛構人物，以液晶面板為戰場，大幅廝殺。

時間也改寫了遊戲方式。在老家，我們玩騎馬打仗，魁梧者當馬、瘦弱者當騎士，跟村裏的玩伴比拚。記得我揹起你嗎？托高你的屁股，讓你的手跟劍，可以伸展得更遠？我們繞著客廳跑，卻找不到一個可以遊戲的對手。我們無法跑回過去，那可以撒野的空曠也不再空曠了。

四月四日的隔天是清明節，我老覺得這兩個日期，表情差異大，剛剛天真爛漫，一會兒又得慎終追遠，尤其當蔣介石在這一天過世。我禁不住告訴你，一個流傳已久的祕密。我壓低聲音，你靠緊過來，聽說哪，蔣介石壓根兒不是四月五日過世，是故意選在清明節，民間祭祀先祖時，跟著懷念蔣介石。

所有人造的政治時間，最後都會被政治打敗，所以啊，蔣介石對你以及年輕一代，只是走得匆匆的名字。

時間改變觀點、改變政治，也用來建設。今天的兒童節禮物，不再以報紙捲起，再貼上紅色字帖，以及人人有賞的糖，但我相信，無論哪一種，都會漸漸裝滿了鄉愁。所以兒童節放假，是為了讓我們再度感受，愁的滋味？

二〇〇六年，我們到貴州旅遊，路經景觀遼闊的山谷，橫橋如龍、跨越兩頭，我們興奮下車，賞景、拍照。一名乞討少年特別引起我們注意，我小聲跟你說，你瞧，他只穿一隻鞋，有鞋穿的左腳，還露出幾隻指頭來……。我慶幸你不在乞討的行列，卻也心疼這些孩子。

已是多年前的事，每次回想，仍看見少年走在大橋，神態憔悴。但我存著一種幻想，只要少年走過那橋，一切都會不同，橋是過渡、是歷練，猶如四十多年都經過了，我還看見小時候的自己，歡欣舉高兒童節受贈的糖果。那時候太陽閃亮，把糖果往上一照，太陽就成為一朵漂亮的糖果花。

你可能不知道，兩岸兒童節各有日期，台灣是四月四日，大陸則是六月一日。

一九二五年八月，來自五十四個國家的愛護兒童代表，聚集瑞士日內瓦，舉行「兒童幸福國際大會」，通過「日內瓦保障兒童宣言」，側重兒童福利。一九四九年，國際民主婦女聯合會在莫斯科，哀悼一九四二年，德國法西斯槍殺捷克利迪策村百來位少年和所有嬰孩，訂六月一日為兒童節，強調反帝國主義，並延伸兒童的意義，代表社會的改革力量。

於是你知道，關於這一天的模樣，時間本身都沒有異議，有意見的是人，以及過著時間的我們。

兒童節放假了。這一天我們不再「兒童」，但各有線索，找到我們還是兒童的時候。所以到了這一天，孩子，如果你有糖，請記得給我，也別忘了爺爺。你該知道，所有的甜，都是鄉愁。

從小低頭看你，現在抬頭看你

長高是你榮耀的事情，
於鏡前比對，我看到你笑得壓抑、
笑得得意。從小低頭看你，
現在倒得抬頭看你，我對此，
只有欣喜，沒有慚愧。

很多人追問你長高的原因。我述說時，又慚愧、又欣喜。

我們拙於廚藝，爐灶常冰冷，少見三菜一湯的擺盤，直到近載，我把鍋勺爐灶當做另一種文房四寶，這才漸漸練出幾款能上桌的菜。但此時你已卓然挺立，與我齊高，再超越我而去。孩子，離開農業社會以後，人們習於分工，越來越把精力調整為事業的火候，廚房的火、媽媽的味，常常不得併兼。我被問得有愧，是因為你長高的緣由，有一大部分不在我的掌握。

你該知道，柴米油鹽看似平常，但以父母心走進市集，才能明瞭，在父母眼裏，青菜、肉品與調味，都成了精細的算計。午餐、晚餐，晚餐、午餐，也都有了面貌。但我們在你的茁壯季節，卻帶你外走，成了外食族，以為簞瓢飲是城市常態。後來我到了上海、北京，以及搭動車與鄰座少婦交換育兒經，才發覺奔赴工商社會，仍可以帶著傳統的老廚房，我所認識大陸女子，作家、教授也好，當編輯、搞商務的也罷，多能包餃子，料理幾款拿手菜。

孩子，需要受教育的不單是你，我也重新認識，書房不是唯一，沒有了廚房，任何房間都難成立。

你長高的另一個原因，當然是我的撫慰，我煞有其事地說，「極可能是我幫孩子買了新床，幫了大忙。」床，上、下鋪，約莫在你十二歲時購置，下鋪當床、上鋪置物，但不久後，你對上鋪的安排自有主張，你攞上小書桌跟矮凳，變成你閱讀與遊戲的閣樓。你爬上、爬下，爬下、爬上……，我跟他人說，「爬啊爬，腳底神經受了刺激，就長高了。」

我說得心虛。但說啊說，竟也相信那是真的了。一個真正的事實是，上鋪成了你的閣樓，你窩在上頭的模樣，讓我想起一棵樹。

已經忘了帶你回金門老家時，屋後的木麻黃還在嗎？有一年返家，踏進村子入口，驚覺樹不見了。老家橫梁遭白蟻蛀蝕，工人為了換取屋瓦方便，剷除了樹。

我愣愣走到當年仰頭看樹、尋思怎麼爬上去的樹根所在，懊惱地問，「一定要砍掉樹嗎？」工人回說，「金門樹多，又不缺這一棵。」孩子，你得知道，他們砍掉的，正是我這一生最珍惜的樹。

我有時候應邀談閱讀與寫作，都會聊起那一棵樹，說來懸疑，但確是如此。我爬上樹看漫畫。漫畫是租來的，我偷偷溜進爺爺房，要了兩塊錢，轉身即到村子入口的理髮廳，租漫畫書。漫畫豢養我的閱讀，主要是在窮苦年頭，找到一本好文字，竟然很難。孩子，你該試試在樹上讀書，彷彿離地幾米高，思緒更容易飛行。

閱讀的樂趣就在抽離。抽離讀者的時空、情緒、身分，給予適當線索，任憑想像遨遊。孩子，你在閣樓上，也是如此嗎？我現在回老家，都要哀悼這棵樹。樹沒了，老家欠乏人氣，只有海，仍在澎拜。

孩子，跟你談傷逝，會不會讓你的傷逝更快來臨？就在這陣子，爺爺的病痛忽然多了。失去奶奶陪伴是他永遠的傷痕，但爺爺不知道傷逝的種類繁多，父母走了、妻子離開了，他幾年前中風、腸胃開刀，意味著許多神經與器官與他不告而別。

你也該注意到，爺爺總把電視聲音開得好大，每回撥電話給他，聽到話筒響起陣陣喧嘩，總讓我有個錯覺，父親那邊人聲滙聚，直到進了屋子，熱鬧的，常是說話的電視機。爺爺電視機音量越開越大，他的聽力也在告別，叔叔帶他看診、去耳垢、點藥水，讓離去這回事，有了緩衝，我不知道那能持續多久？

我到爺爺家，有時候會狡猾地調降音量，試試他的耳力否進步？你留意到，與我相視莞爾。

這些該到的、且常是順著時序一一報到的病痛，對爺爺來說都像是忽然到來。孩子，果真如此嗎？生、老、病、死，是過度簡約的循環，一個「病」字，吃掉了所有的病，龍應台的書《天長地久》，提到父親教她死亡、母親教她老與病，我則相反，父親教我怎麼病、如何老？只是當這一切發生時，我的父親、你的爺爺，都像是第一回遭遇。

這不是獨到的發明。長一輩的，知道生活打拚累，病與苦都是自己吞；他們不常告訴子女病痛，忘了子女也會老、也會病。孩子，我之後將要陸續跟你述說，我的病；目前就有的是腰背偶爾疼，像卡著東西；左邊膝蓋不若右邊明朗，我得服用軟骨素，並剛從洛杉磯帶回來好幾瓶葡萄糖胺；這一些，我都得向你示弱，因為他們也會一一跟你報到。

你現在多住在爺爺家，回家沒看到你，是感到失落的，不過，我也順勢住進你的房。擺設依舊，灰塵依舊。

記得以前有一次回家，留意到你把房間做了整理，移下矮凳跟書桌，幾條延長線分別支援手機充電、音響、電燈跟電腦使用，衣櫃跟書架緊密靠貼，成了一堵牆，牆外是房間、牆內是堡壘，我不再叮囑你，爬上爬下得小心哪，摔下來可不得了，你意識到長高的身軀再也放不進日漸狹隘的床上鋪，你曾經的祕密閣樓。

你閱讀的閣樓並不舒適，不止一次，我分出書房，但你遲遲不願意進駐，而寧願窩在自己的樓。每一個空間，都因為定義、命名而有了意義，如同我的木麻黃不只是木麻黃、你的閣樓也不只是閣樓、我的疼痛報告也不只是疼痛。

孩子，長高是你榮耀的事情，於鏡前比對，我看到你笑得壓抑、笑得得意。從小低頭看你，現在倒得抬頭看你，我對此，只有欣喜，沒有慚愧。我拍拍你腦袋說，「這裏，也得長高呀！」

關於腦袋的長高，除了廚房、書房、臥室，還需要更多的房。關於這一切，孩子，你得列上自己的菜單，打造屬於你的廚房。

家的意義，常在離家以後

孩子，我沒讓你背誦地址，
它對你來說不單乾燥，還非常遙遠，
我怎能期待你對一組陌生名詞投注情感？
但我又怎能不寄望你，對於身世的來處，
投以盈盈目光？

孩子有很多的第一堂課，頂重要的一門是背出地址。「來，新北市三重區五華街……」你睜大眼睛，長睫毛閃動，地理與區域對你而言，還不具備意義，但這是一個定位，只要「定」住它在腦海，就不懼人生風雨。

我用糖果吸引、以玩具鼓舞，但是地址如此乾燥，又怎能播種發苗？後來發覺威嚇這招管用，萬一你有一天走失了，得跟好心的叔叔、阿姨以及警察說清楚你住哪裏，好方便他們送你回家。

我沒特別強調走失的嚴重性，但孩子的保護本能啟動，他知道走失，不只是走失了。你能背誦住家地址這事，像個特殊技能，在我們的要求下，一次一次表演。直到一個分水嶺，你學會更多技能，演員與觀眾都膩了，背誦停止，而我們知道住家的地址，已成為你的錨。

孩子，隨著你的長大，我忽然想起教導孩子記憶地址這事，是否也在暗示，孩子終有一天，會離開我們的居所？在大學任教，曾與學生討論，孩子與父母生活在同一個屋簷，不過短短十餘年，隨機調查，讓離家住校的舉手。一班五十多人，只有少數沉默。

一個遷徙的人，跟家聯繫又來得少，我雖不記得，但相信在我小時候，父母、兄姊，必也喃喃教我背誦「昔果山七號」。它，扼要、精簡，我該能很快記憶，大約也沒有什麼機會表演。孩子，家的意義，常常是你離家以後，才慢慢滋生抽長，我還住在老家時，「昔果山七號」曾是收取信件的居所。

大姊、二姊以及大哥，率先遠渡台灣，女生在桃園南崁加工區上班，男生則學車床。一個乳牙剛退、臼齒未發的年歲，他們都必須匆匆長大，與台灣社會一齊滾動。夜跟人，都很深很靜的時候，他們想起「昔果山七號」。在朗朗的日頭中，我負責朗讀兄姊的信件，屋簷下，有涼涼蔭影以及母親踩動縫紉車的答答聲。我還常聽見，海濤轟轟就在山頭後，樹吟咻咻，彷彿耳畔嘆息。甚且，他們也是眼睛，幫我讀懂字義下的字意。

孩子你問，「伯父與姑姑，當時才多大呀，能夠上班嗎？」孩子，在經濟起飛的勞苦年代，童工大量採用了，政府跟資方看不到那個「童」字，倒大方接收廉價的勞力。兄姊們的工作乏味，但人人都願意忍受，因為沒有比逃離慘淡農村更要緊的事情了。他們一方面懷念，一方面遠離，他們的信件都有共同的結束語：「勿念」。勿念，是更多的想念，是更多的信件寄來「昔果山七號」。

已經忘了三姊也踏上台灣，成為布料、塑膠玩具的生產部隊時，我與父母以及弟弟，怎麼支撐春耕、秋收。玉米熟成時，長紫黑色鬍鬚，它們排排站，與風微舞，是一群扮老的少年。花生開黃色花蕊，它們長出的蟲也是黃色的，觸角兩隻與斑斕的身軀，像神話裏的龍，但是升天不易，只得下凡當蟲，並時常惹得我跟弟弟心驚膽跳。

後來有一天，是我寄信回「昔果山七號」。父母親舉債、標會，買了三重埔一間簡陋公寓，二十坪大小的房，匆促以木板隔了四間，客廳簡易裝潢為時興的酒櫃，成為金門酒廠的小小展列。週末放假時，兄姊都回來，一家八口不再需要搭乘軍艦，顛簸一天一夜，才得以團圓。

現在逢年過節，我都帶你回爺爺、奶奶家。房子同樣仄小，手足攜兒帶眷回來時，客廳擠得滿。喧嘩、飯香，抬槓、酒醇，我很慶幸親人都健在。有時候你累了，帶你到我以前的房間休憩。這房，是仄小中的仄小，只容一床一桌，我跟你說，當年搬遷到台灣，就在這裏寫信回老家。

我陸續寫信回「昔果山七號」，給爺爺、奶奶、堂哥與堂嫂。料想我的信件該由堂妹或者姪兒、姪女代讀了。那個屋簷下，爺爺還在，大約也坐在屋宅的左邊，一張有扶手跟背靠的木椅。會有雞隻兩三，咕咕咕地覓食，大剌剌踱進中庭。會有狗幾條，愛鑽房旁的狗洞，彷彿展示武功中的矯揉。一種極佳的柔軟。

七號以及門板，是在老家整修時被卸下了。橫梁白蟻蛀蝕，返家時，正逢工人鋸掉屋後的木麻黃，取舊瓦、換新瓦。門板還有一個場合被卸下，那是在農曆十月，家家戶戶摘了門板，蓋廟會的戲台。戲散了，門又回來。

你，我的孩子，當然也曾回家，回到「昔果山七號」。有一回父親剛好回家，領著你，肅穆跪在廳堂，舉你的手，說給先祖與眾神。孩子，我沒讓你背誦地址，它對你來說不單乾燥，還非常遙遠，我怎能期待你對一組陌生名詞投注情感？但我又怎能不寄望你，對於身世的來處，投以盈盈目光？

你到過的「昔果山七號」已不能算是一個家。我們搬遷時，空房留予伯父跟堂哥，多年後伯父辭世，堂哥們另起樓屋他住，老家安置了幾名外勞幫忙捕魚，廳內還有人氣、屋外還有漁網待補，只是沒有人再寫信給「昔果山七號」。

剛搬到台灣時，我還念著金門的天氣，每逢氣象報告，都漏了居住地的氣候，還過著老家的風雨。老家的大門是傳統的木門，我也念著那兩扇舊門。它的青苔、它的斑駁，以及門扣的鏽，都在說明它護佑的長久。而每一個舊曆年的開頭，我們曾那般興奮地為它貼一個春，或者迎一對神。

孩子，帶你回金門老家的機會不算少，官方單位的參訪、自行返家省親等，我都會勻量時間，帶你回來。

帶你回來。帶你回到你不曾居住、不曾哭鬧，也不曾含過糖果的地方，跟你述說它的變。老家的改變，就寫在大門了。老家翻新，門板被拆，再也沒有回到挺立數十年的位置，初時被擱在柴房，幾年後多次尋訪，再也找它不著。

老家換上時興的鐵門，我不禁嘆了一口氣，跟你說，「還好，春聯依舊紅，常有燕子穿飛廳堂。」關於燕子，我們都感到興趣，爬上通往閣樓的木梯，看仔細。簷下留有燕子築巢的痕跡，我們知道南風起時，燕子就會逐一地來了。

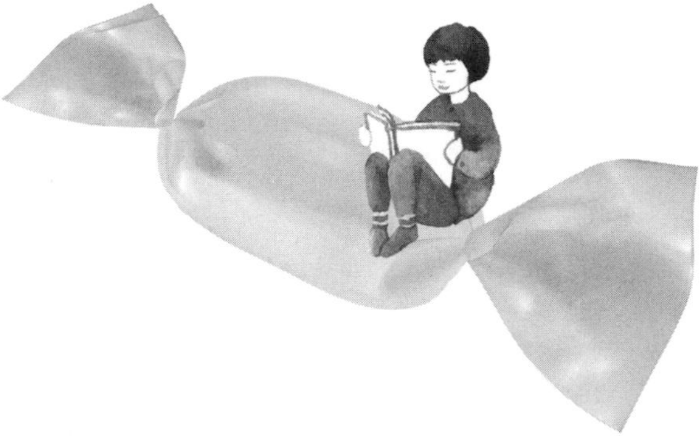

懷舊的孩子不會變壞

我跟你說我的老故事，
你聽著，當然覺得陌生。但其實，
你就走在我經歷的軌道，
只是時空置換了。
你或也有一個人或者幾件事情擋著你，
有快樂或悲傷。

叛逆有兩個方向，一是往外跑，二是宅在家，它們有一個共同點：父母，都不是主要的陪伴。孩子，你也是這般。當你在家時，不像往常，愛拉著我扯些賞鳥、盆栽、社會趣聞等，我們不需要找話題，舉目所見、隨心所思，都能一一地，為一件平常，聊得極不平常。父子是身分，我們的對應更像朋友與兄弟。但當一個人長大時，言語也漸漸收了，聊家常，變得珍稀。

孩子，你把自己安置在房間，且有預謀的，把書本疊高，在桌椅圍築城堡、把電子琴當做護城河，你的位置只能從容放置你，我趨近關心，也只能眺望；儘管我跟你，不過一米的距離。

你的賞鳥知識是我們利用假日，從一條步道走進另一條步道，看遍這座野林改看另一座，你捧著厚重的賞鳥書籍，平面與立體對照，終於讓鳥活得生動，幾乎一看到什麼鳥，就能立即說出名字。我根本還沒看清楚，「不會是唬人的吧？」我質疑。你細說短短的一瞬，你的發現，「鳥嘴是紅的，脖子兩道灰色紋路……」然後補充尾巴的特徵。

那是我們一起往外跑的年代。我們真的跑得夠遠了，阿里山、知本、天祥，甚至遠及日本、貴州與江南，你的結論是，「有些鳥到處都有，像是麻雀；有些鳥則需高山或海邊，才會出現。」也因為當年著實跑得遠，而今回憶，都一一地，靠得很近。

孩子，我們開始不帶你往外跑，或者說，你不帶我們往外頭走了。當我知道你往外跑的一個重點是參加國小校慶、探視國中老師、與高中師友聚餐，我很感到寬慰。我深深以為，一個人心懷舊址，人會變得更溫暖，也不會走向歹路；因為在未來的旅程上，很多人在當下參與了，也有更多人在過去的歲月中，持續關心。孩子，這是「舊」的力量。

我跟你一樣念舊。我回金門老家，常到國小學校，好像走向童年之路，自己也年輕了。過去會消蝕，卻不易改變，我輕輕召喚，他們都復返。這就是「舊」，這就是我的根本。教室是低矮的平房，窗戶是木頭製的，上青色的漆，推窗時呀呀作響。老師們的面貌留在二十幾年的模樣，沒有老，還在教室裏讀報、批改作業。

有樹在窗外，春天時發脆弱的芽綠，夏天的樹上住有一起一落的蟬，秋天落葉陣陣，入冬則一片蕭瑟。穿過樹林便是種植夾竹桃的土坡，老師說，有人不知道夾竹桃有毒，拿去當筷子，「吃完飯，人也中毒昏迷」。樹林盡處有一個防空洞，我常常坐在樓梯上看書。防空洞緊鄰著一戶人家，姓許，我走過側門，挨著學校的圍牆走，便通抵許姓人家。屋內的偏堂賣不多的文具跟裝在透明包裝盒裏的糖果、染得紅紅的魚乾以及泡麵。我想到這間屋子，便會聞到魚乾香香的、腥腥的味道，還有昏暗的偏堂，儘管我已經記不得老闆的長相，他仍端坐回憶裏，等我光顧。

我開闢了一個不老不死的時空，也幫那個時空留置了一個對應，在這關係中，我還是個孩子。一個很早就要起床的孩子。一個草草扒了幾口稀飯便穿過廟口、走過崗哨、徒步一公里到學校的孩子。一個聞到兵營裏傳來陣陣豆漿香味就要吞口水、看見軍車經過便急忙敬禮的孩子。一個不小心撞著歐陽金枝老師便手足無措的孩子。

歐陽金枝老師個頭不高，緊抿嘴唇時，垂下肉團的腮幫子似也嚴肅立正。他擋著我的路了，我往右、他向左，我趨右、他靠左，我該怎麼辦？一位高年級同學經過，朝老師敬禮，直往前走，我恍然大悟，趕緊行禮，他才讓出路。歐陽金枝老師不苟言笑，六個學年以來，沒上過他專任的課，他偶來代課，我跟其他同學眼巴巴望著他，生怕一個不小心就要挨罰。想不起那六年來是否同他說過話、挨過罰，我能記得是他擋住路，以及教師置物櫃上寫著「歐陽金枝」的小小名牌。這兩個印象未隨時光流失，一直擋在那裏，直到現在還是。

孩子，你或也有一個人或者幾件事情擋著你，有快樂或悲傷、有你一直打轉的迴路，在記憶裏轉圈。

跟歐陽金枝老師處於同一個記憶位置的還有許水澤老師、許石堅老師。前者學究樣，後者帶著點孩子氣。早年，國小同學會還舉行時，我們會交換所知的老師訊息，持續關心老師。董國佐老師辭世已久，他是教我識字、習字的啟蒙老師。

歐陽文厚老師接替董老師職務，直到畢業。有回返鄉，回學校拜訪，才知他已調往他處。我隔天驅車拜訪，他正招呼學生用午餐，不時打量在走廊徘徊不去的我。我走向前告知來意，才知道久候的，是他的國小學生。對我的來訪他顯得驚訝，掐指一算，都幾十年前舊事了。

幾年前，我受邀擔任金門駐縣作家，好幾回帶你同行，特地帶了棒球手套，在國小操場練球。兩只手套很有分量，很占位置，但我們仍帶上了，只為了短短一小時的互動；那是父親與兒子的投捕、中年與少年的彼此投靠。棒球不適合上了年紀的人，孩子，在棒球的競技場上，你漸漸靠近，我則慢慢退場。

我當然跟你說我的老故事，關於這所學校與我、那些人與那些事，你聽著，當然覺得陌生，但其實，你就走在我經歷的軌道，有你記憶的鐘聲、操場跟師長，只是時空置換了。

偷偷跟你說，在我的叛逆時代，父母也多不在；他們忙生計、我忙著幫青春扮紅抹綠，也有好幾次啊，我扛上登山背包，露營或登山，母親擋在門外，猶如歐陽金枝老師。只是我沒跟母親敬禮，左閃右躲，很快找到逃逸的空隙，往街道走，再來是聽見母親推開三樓的窗台，朝著我大喊，「出門在外，小心哪……」

回憶打著大大的糖果結

孩子啊，想起我的跟你的記憶倉庫，
分裝著不同的時光，
我該更感到珍惜，而不是遺憾了。
而那些踏不出去的就留下吧，
藏起來，有一天你會看到，
一隻螞蟻溜了進來，品嘗著，
一顆無比巨大的糖果。

孩子，如果你跟小時候一樣，跟著我走訪學校、單位，會發現，在我分享寫作的生命經驗中，你常常就在「課程現場」。

書寫，為什麼書寫？每一個人的指向不同，了解自己與世界的關係，叩問其中的歡喜結、傷痛結，或者最難熬的生死結？你很小的時候就跟著我四處走，多小呢？三個月大，你尚不能翻身，一起與作家們參訪花東。所以經常有人問，「你家孩子多大了？對什麼感興趣？」你們不時常見，但每一次見面了，時間像火車，都一節一節接上了。

有那麼許多回，台北縣文藝營、高中與大學文學獎評審，以及我的演講，你在台下、我在台上，我常要分神看你，吃零食、戲玩具，怎麼跟照料你的大哥哥、大姊姊互動？

當時你，還不在我的分享庫存裏。那時候，我對生命、對文學的詮釋，偏向形式，還沒有慢慢往內看，看到我的起源地，看到一座倉庫。

老家左邊真有一座倉庫，堆放鋤頭跟犁等農具、採收的地瓜以及待補的漁網。全家搬遷台灣時，我也跟它告別，後來幾次回家，倉庫一度變成姪女的房間。家鄉富起來以後，堂哥另起樓厝時，倉庫又回到原來的模樣。倉庫中有老舊的自行車、板凳跟一張化妝台。灰塵覆蓋它們，儘管有風、有陽光，甚至蒼蠅飛過、壁虎溜走，它們都不發一語。而現在，三合院再有生機了，堂哥僱了外勞幫忙捕魚，住進三合院，倉庫外頭堆著漁網。

孩子，前幾年我們一起回老家，曾與外勞攀談。外勞的笑容比語言還多。看得出來剛剛到訪金門，對閩南語、普通話，都還是初學。外勞的微笑是一種欲言又止，關於他感到的陌生，跟他經驗的人生。孩子哪，不單是人，物件也欲言又止，尤其那些帶有記憶密碼的。

物件看似斑駁，沒有記憶，它們的斑駁就是一種微笑、一種說，如果它們有嘴有臉，我就能跟它們說話，交換別後的天涯。如果不單是自行車、板凳、化妝台能說話，而包括木麻黃、相思樹等都能說話，這樣一個世界便如精靈王國了。當然，它們不是，而當它們不是時，我們要知曉，只有你、我，可以代它們說話。

有一次為奶奶過母親節，家族聚會，表哥的兒子在桌上玩著小汽車，你不就認出來了，那玩具曾陪伴過你好幾年，你當時與它說的，便是你們的故事了。我注意你笑得靦腆，有點懊惱把玩具送人了、有些歡喜現在的「玩具」已經長大了。

小時候窮，沒有餘錢買玩具，倉庫便像個大玩具。五六坪大的地方，曾堆滿花生梗，曬得滿身生香，一捆一捆堆疊。通常是哥哥在裏頭疊，我跟弟弟從外，不停往裏頭扔。一座灰抹抹的城堡就著倉庫建立起來。

我跟弟跳上城堡，舉右手當手槍，砰砰射擊。堆了幾百捆花生梗，倉庫還有胃納可以堆放番薯、養一籠小雞，以及畚箕、掃把、扁擔等。牆壁則釘上鐵釘，掛斗笠、秤子跟漁網。這樣一間以農具為主要內容的倉庫，白天多空曠，陽光穿過細細窗戶，遺下幾條長長影子，時有貓，花色斑駁，牠跳上板凳、化妝台，抬頭瞧著懸掛半空的謝籃，舔舔舌，再奮力一躍。雞、鴨在外頭聒噪，牠們巡視倉庫跟三合院，如同崗哨士兵，一有動靜，比誰都溜得快。入夜後，倉庫塞入鋤頭跟犁，充實許多，如果牠們在夜深人靜時，用精靈般的語言交談，不知道牠們會如何勾勒房子的主人，他們的容貌跟習性？

孩子，很難向你解釋，勞動怎麼可以成為玩具，並且儲藏記憶了；光影、雞鴨、樹木以及堆積的花生梗，孩子，你很難想像它們是如何填補我、包容我，甚至收養我了。

倉庫外牆是螞蟻的天下，牠們從牆上挖出一小方土屑，當時被家人普遍信仰的偏方是取下帶有蟻酸的土，用綿布包裹，煮了喝，可以治牙疼。倉庫跟螞蟻竟成為一個龐大的藥囊。那時候奶奶蓄長髮，她梳理過後，愛把髮捲起來塞進倉庫外牆的隙縫。這個來由不明的習慣，把倉庫裝扮得像一個巨大而滑稽的娃娃。

我曾在八〇年代返家，牆上貼了好幾張明星海報，倉庫架了床，當了姪女的閨房。多年來第一次返鄉，許多事物，還可能在舊地等我嗎？我拿板凳，尋門栓，原本置放的光緒年間古錢已經不見了，以蜈蚣泡製、用來治理蚊蟲咬傷的藥液也不知去向。蜘蛛倒還在，就角落，織牠們的五行八卦陣；對這個家、這間倉庫的依戀也還在，左看右瞧，不想錯過細節。

孩子，我有一門寫作分享是透過照片，分享生命故事。我把照片分成有生命深度的，以及旅途的光影偶遇，它們可以勾起回憶線索，讓淡忘的浮上台面，變成兩種生命情境的書寫。老家門前緩坡、不起眼的草皮、三合院中庭都被我一一述說。孩子，你也是我的述說方向，非常小的你在海邊嬉戲，拎著一只準備裝蛤仔的水桶，你跑動著，頭髮飛揚，桶子也飛揚。

我邊說，邊遺憾你不在我分享的現場，也想起我的跟你的記憶倉庫，分裝著不同的時光。我該更感到珍惜，而不是遺憾了。很可能啊，孩子，在未來的某一個章節，當你與誰分享你的生活結、故事結還有感情結，我變成你的一項庫存；或者你想起來，我曾是你的大玩具，當時，你的操場只是我的肚皮大小，我抱著，你踏呀踏，卻始終踏不出去。

孩子啊，那些踏不出去的就留下吧，藏起來、裱起來，有一天你會看到，
一隻螞蟻溜了進來，品嘗著，一顆無比巨大的糖果。

一顆草莓教我怎麼慈悲

孩子，謝謝你長大了。
對於痛，以及很痛，
我們的最初反應都只是「啊」的一聲，
再開始它無止境的哭泣。
你不知道，我才是一顆草莓，
對於什麼才是愛，才開始去了解。

家裏客廳現在的沙發是乳白色。好久以前，沙發非常翠綠，彈性極好，我定期擦拭、塗抹保養液，但一件家具再怎麼保養，它始終要承受家人與客人的重量，彈性漸漸疲乏，座椅與靠頭之處逐漸磨損，而有了皺紋。直到把它汰換了，才開始想念它。一件滿載回憶的廢棄家具，就像一個走失的朋友。

孩子，你在綠色沙發上學會人世的第一次翻身。

當時，我剛幫你洗完澡，平放沙發上，仔細擦抹乾淨。只是把毛巾擱到茶几上的一個瞬間，你翻身，三百六十度跌落地板，後腦勺著地。痛、痛，你無法解釋的痛楚剎那間脹滿體腔，你發抖、牙根打顫，隔了好幾秒，才放聲大哭。很多的成長、好多的痛，都這麼不經意地，說來即來。

一件沙發新了、又舊了，好多的人來來去去，都是因為你來到這世界，他們來看你，外婆祖、爺爺、奶奶、外公、外婆、嬸嬸、姑姑……，在你看不懂人間的時候，一一來逗你、祝福你。

外婆祖還住了幾天。你還記得這位慈祥的老人嗎？慣常梳髮髻，抹淡淡桂花油，著深綠碎花袍、踩織繡的布鞋，說話腔調溫厚，很像合唱團的中音，但從不擔心被高音搶風采、被低音奪走地盤。她的中音由中氣發聲，輕緩地「說」，就是無法忽視的「說」。我從小就這樣看著她，直到她中風。她記不住孩子、孫子，可她記得她這一生都活得優雅。孩子，我的外婆、你的阿祖，是我見過最從容的病人。

我與外婆的記憶交織，是騎單車，載漁貨給外婆。金門雖小，卻不是每一個村頭都享有海洋資源，父親與村人捕魚後，在伯父家堆擺漁貨，伯父粗分螃蟹與魚種為幾個等量，母親拿水桶裝著分配的魚，其中一部分委我騎單車，載往頂堡姑姑家，以及榜林村她的娘家。

我跨上沒有變速齒輪的單車，出發。路，高低起伏。來回一趟，上坡與下坡一樣多，但總覺得無論來或回，總是上坡路。

我喜歡騎車到榜林外婆家。木麻黃立兩邊，它們蔭姿態在路上，好像一球一球的山洞。涼，以及涼。我常在轉進榜林的入口，遇見大舅與二舅。若趕上西瓜收成的季節，我載去了魚，換成西瓜回。有時候西瓜還生，舅舅也不會讓我空手回，載回後放進米缸，隔幾天，西瓜就熟了。我喜歡米缸的氣味，我去檢視西瓜時，總要聞一回。它代表熟了、紅了，它也在說著，一個孩童深刻的期待。

孩子，地球沒有變得更大、更飽滿，但我們對於滿足與幸福，總是感到欠缺。記得嗎？你擁有的汽車玩具，從持有一輛到一整箱。一輛汽車可以玩一個禮拜，到後來，一整箱玩具，也占據不了你一個下午的遊戲時光，孩子，關於擁有，我們除了不斷前進，是否也要學習後退？

我記得外婆看到我，以及不多不少的餽贈，她的臉亮了起來。外婆不缺我載去的魚，但知道那是女兒的心意，雖然魚啊、蟹哪，都非常地腥。騎車往外婆家時，我不知道它是榜林村九十九號，搬遷台北後，過年過節，母親叮囑我到郵局奉寄現金，才知道確切住址。我只幾回，幫母親代筆寫信給外婆，到了八〇年代，離島開放通話，母親再不曾讓我寫信，僅定期讓我寄上現金。幾年前，外婆過世，我沒再寄過現金袋，但清楚記得填寫封條，得先簽名再糊上。我曾經糊了再簽，幾乎劃破封條。

有一年，我與母親回鄉投票，第二天載著她到處訪親，一起騎進榜林。到底是哪一條路，通往外婆不在的外婆家？我們誤騎了好幾回，才找到這塊好久不見的門牌。

門前有狗，黑溜溜地吠，雖綁鍊條，獠牙依然驚悚。我跟母親都怕狗。我拉著母親衣角，讓她別再靠近，母親執意往前走，邊喃喃說，「你是一條好狗啊，阿彌陀佛。」狗是懼於佛號還是母親緩進的溫柔，邊惡吠邊後退。這時門開，表哥阿峰回鄉，適時吆喝。惡狗瞬間變成好狗，乖順趴伏門前，有一眼、沒一眼地看著我們。

外婆中風那幾年，住在裝有冷氣的廂房，表哥與母親聊著時，我打量廂房生鏽的鐵窗。我沒跟母親說，前一晚我夢見外婆了，不記得夢的細節，只是哭得傷心。又隔了幾年，我的媽媽、你的阿嬤過世了。當時，我帶你造訪馬祖東莒，父親來了電話，「你阿母、你阿母，她走了……」我的慌張無助，你都看見了，急忙打電話給你叔叔，知道母親送往急診室。我們不在醫院裏，但仔細聆聽種種動靜。母親沒能回返，一句話、一聲喊痛的聲音都沒有。孩子，就像你初滿三個月大的翻身，一個翻轉落到地板，沉默了許久才哭出聲音。對於痛，以及很痛，我們的最初反應都只是「啊」的一聲，再開始它無止境的哭泣。

母親走了，我更常回老家。我已經沒有自己的房間了，你跟姪女都在這一年讀大學，住進老家，幫忙照顧爺爺。我更多的時間是坐在客廳，陪父親看電視，也看著許多傷心。我累了，坐在沙發就能睡，想著老家最早是一組木製沙發組，後來換紅換綠，現在是一組褐色沙發組。

這組沙發耐用極了，留有爺爺、奶奶餵食你晚餐的照片，也坐著我對母親的思念。有一晚，父親洗澡後，裸露皺巴巴的手臂，完全不需要父親叮囑，你拿好保養霜，幫著塗抹。

孩子，謝謝你長大了。你不知道，我才是一顆草莓，對於什麼才是愛，才開始去了解。

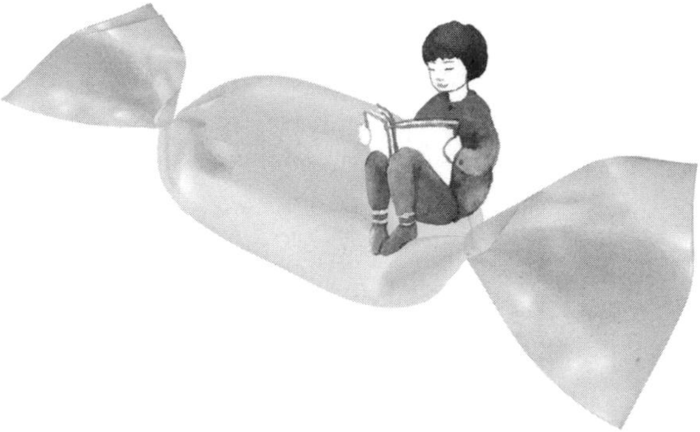

趁世界還小的時候，好好看它

年節人不散。
孩子，遲遲不肯散去的，
是人與舊氛圍的連結。
「一」與「〇」，數位時代的基礎密碼，
我常希望「一」與「〇」是一組復沓，
它們向前、但也後退；可以繁衍，
但要記得初衷。

懷舊與時尚，一個回顧、一個前瞻，但是沒有衝突，像車子，能進也能退。它們還兜一起了，當我問你，「到哪個老街好玩？」你拿手機滑點，給我參考訊息。清明假期，帶你用過午餐，我們拐進社區圖書館，我拿兩份報紙，一份給你，「很少讀紙本報紙吧？」你點頭，表情鮮逗。那不是你第一回翻閱，但一件事情偶一為之，「一」跟「〇」，沒有差別了。

「一」與「〇」，數位時代的基礎密碼，也像男女基因、亞當和夏娃，族繁不及備載。孩子，你手機裏的「食人蛇」、「憤怒鳥」、「寶可夢」等，遊戲也有遊戲的祖譜，只是沒有承繼，一個新、另一個則要更新。舊事物就不同，它們不會更舊了，像胡同盡頭，只是不需要再往前走，而要推開。二月農曆年間到黃山，接車的司機解釋街道外忽然傳來的歡呼聲、鞭炮聲，「老街熱鬧呢，預估到凌晨，人還不散。」

年節人不散。孩子，遲遲不肯散去的，是人與舊氛圍的連結，像個「熱點」：年輕人拿手機找「熱點」，連網上線，而有更多人，要連結很小的自己。

當時的世界都太大了，約好長大好好看它，沒料到世界改裝了，而且蛻了一層皮；還好，鞭炮與歡呼，都還熱。

記得我們到訪過的宜蘭頭城農場嗎？第一次去，搭乘友人車，一年輕人站立大門，彎腰細問訪意，隨即深深一鞠躬，請我們入內。一直記著他的鞠躬。那讓我察覺自己腰桿子總是太硬，學習柔軟不只是姿態，而在心態。農場入口並不起眼，一個鞠躬，卻使它蓬蓽生輝。當時你是五歲，還是七歲？只要微笑、撒嬌並且嘴甜，就能征服外界。長大後，法寶一個一個失效；有人打造不同武器，春風得意，更多人暗行迷惘，找不到與外界的應對；無論是哪一種，孩子，終有個歸所，讓一切回到初衷。

初訪農場，看見隨著我的離去，越發不肯離去的故鄉。風過，相思樹窸窣語細、木麻黃沙沙喧嘩，我走進記憶裏的村落小路，相思樹不多，但我用思念複製一棵又一棵樹，小徑布滿相思，暖黃的花蕊朵朵將灑下來。農場創辦人卓陳明，該有她的相思路，年過六十，臉光紅潤，衣裳寬鬆，穿涼鞋，腳趾頭黑黑一層泥，不經介紹，會以為是農場的打雜婦人，負責趕羊、餵豬與割草。細看，才察覺卓女士好神采。神采來自靜觀，知道該在何處、依何方式安身立命，自信、自在，便不需洋裝與貂皮。孩子，我們在未來旅途，一定會遇見把所有財富都穿著的人，語氣驕、姿態傲，你莫灰心、勿喪志，記得有人繁華看盡，最後選擇凝看一朵花、一株草。

卓女士曾任教職，退休後購置土地蓋農場，她帶領一行人，踩上碎石路。兩旁野林中，人面蜘蛛結著大網，有破洞待補的、有黏捕昆蟲者，一張蜘蛛網，便長著春耘與秋收。卓女士逐一解釋樹種。野林不野，林種分布有規則。她把樹當孩子似的，述說生動親切，她提到「姑婆芋」。以前的人常用姑婆芋包裹食品，綁在扁擔挑回家，有時不慎遺失，問東西怎麼不見了，便說，「是姑婆拿去了啦。」姑婆輩分大，諉給姑婆，便沒人敢追究了，這便是「姑婆芋」的由來。

農場有雞、有豬。豬排泄物是溪流的高汙染源，農場養豬，不會造成汙染嗎？豬飼場跟周遭環境已構成有機生態。排泄物流到植滿布袋蓮的池塘，再到養魚場，最後是鴨子悠遊的池塘，排泄物餵養了布袋蓮跟魚，這一循環，解決了汙染問題。這是農場中氣味最重的區域，你掩鼻，恨不得戴上口罩，我聞到臭味，更聞到我的童年，像偶遇舊友，「哎呀，好久不見哪⋯⋯」多年後，你的手機多了「開心農場」遊戲，栽種番茄、蘿蔔、小麥，放牧羊群與烘焙麵包。程式沒有四季，它更精密、但也偏離節氣，都是假的，但你仍會開心與我分享，西瓜熟成時，運到遠地兜售，「總共用了八個貨櫃呢。」

焢窯是小時候的野趣。沿秋收後的田埂，尋找適合蓋焢窯的土方。首先，得挑兩個堅固厚實的土方，豎立當門；它們高度得夠，燃材才得遞進。再挑選瘦長者當門楣，至於建構焢窯圈界的其餘土方，必得重的、大的壓下，小的、輕的隨後再上，且漸往中心收攏。蓋到最後，只消再填上一塊薄的、小的土方，就大功告成。農場備有焢窯場，製作方整土方，午後經過時，十來起人馬已架妥土塊，添材搧風，靜待土塊燒得通紅。餐廳後面的小廣場中，許多人聚精會神製作各種竹製品，有人則買了T恤，動手摘樹葉、塗染料，彩繪自己的衣服。夜間，餐廳清理乾淨後，每張桌子都擺上白色紙張，我跟你說，「他們要做天燈呢！」

我們掌握時間，快速沐浴，整裝出門時，正逢明月當空，清風徐徐。碎石廣場內，人煙雜遝，天燈上寫愛情證言跟各種祈求，熱氣吹送中冉冉飄升。火光中，每一個人的臉蛋都如鵝毛黃般柔潤，他們抬頭望天，為所思所念獻上虔誠；他們不用手機發訊息，而動手親做，擬一個訊息給天。

天，能夠回應什麼嗎？除了星空，還經常是夜雨；我們齊聚老街，放傳統的水鴛鴦，看一枚訊息在冒煙以後，快速急爆；或者點燃時興的蜂炮與煙火，咻咻咻地，它們的爆炸有聲音、色彩與圖案；孩子，我常希望「一」與「〇」是一組復沓，它們向前、但也後退；可以繁衍，但要記得初衷。

看你翻閱報紙很有意思，它像你的一本新書，印著滿滿的中文，你饒有興致，彷彿頭一遭被你發現。真沒料到讀報已是一款古典，這一天，恰在清明前，我們一起安坐圖書館，你看你的體育版、我讀我的藝文線，孩子，裏頭可有你長大後，要好好細看的世界？如果有，就好好讀它，不要再等到長大以後了。

長大是說快也快、說慢也慢的事

孩子你問得對，但也不對，
人生的難題不是試卷，
一題做完接下一題，
它們最常結伴而來，彷彿在說，
人海茫茫中，人的問題就是海，
一個浪來，接著是一個浪來。

我是主張喊你「小哥哥」的，當你還是一個小寶寶。

我想像在你之後，你會有妹妹或弟弟，從小喊你哥哥，在稱謂開始鍛鍊，做為一個哥哥的擔當。比如你的大伯，我的大哥，當一家子都還住在農村，大伯每天都要早起餵雞。這事情好玩，我也愛做，拎一個鐵皿，裝著玉米等飼料，沿著居家附近灑。我一直沒搞懂何以一邊灑玉米，嘴巴還得「咕咕咕」學雞鴨鳴叫，牠們是被咕咕聲吸引而來，還是飼料的香氣，以及它們散落時，掉在地上的輕脆，用一種神祕而好聽的悄悄聲，跟雞鴨們說，好吃的來了？

愛做的勞動稱不上勞動，勞動意指那些，我們望之懶散，卻必須得做的。大伯善盡兄長的職責，留我在溫暖的被窩，獨自舀著散發餿味的廚餘，放在一大個桶子裏，煨熱，餵豬。大伯當時才多大呀？八歲、十歲，但已能毅然斬斷睡意，說起就起，不像我後來透過幫你穿衣喚醒你。你高舉手臂，等我套袖管入你胳臂，你眼睛還緊閉，偷戀著睡意，必須拎來半濕的毛巾，往臉上一抹，你才訝然眉皺，我打趣地說，「這樣怎能當一個哥哥啊？」

我想起三十年前在金門，我十二，弟弟十歲，怎麼喚弟弟起床這事。

三合院廂房裏，一張大床睡了我跟大伯，最多的時候，還擠了三個姊姊。弟弟跟父母親同房，有一天早晨，我盥洗後找弟弟。母親偏頭，坐在化妝台前梳髮，弟弟呢？還熟睡，不仰臉或側身，而匍伏著，屁股翹得高高，雙手枕臉。我跟母親相視一笑。我搔弟弟屁股，他手一揮，像牛，拿尾巴驅趕蒼蠅，再捏他鼻子，他一口氣吸不過來，終於醒了。我跟母親哈哈大笑，他卻不知所以。

你該記得二〇〇七年夏天，我們與叔叔一家，一起返鄉，看看舊址與舊事，也讓你跟堂姊、堂妹，認識故鄉。我問弟弟，可記得有一次上學途中，他鬧肚疼，蹲地上，他的同學拜託士兵載他上醫院？弟弟身為當事人，卻忘了。我能牢牢記得，是因為我並沒有陪蹲一旁，也沒送他就診。事發在中午，學生返家午餐後再到校上課，我認為，弟弟得忍耐住小小的病痛。我會這麼想，是從小養成的習慣，在醫療落後的金門成長，沒熬病跟忍痛的韌勁是不行的。弟弟蹲在渠道上的身影慢慢變小，我轉彎，繞進校園時，還確信弟弟能夠自己站起來。

他沒能站起來，也沒有記住這段往事，反倒是他蹲踞馬路邊的黑點，一直沉澱，就算他忘記了，我也無法遺忘。

後來，我不叫你小哥哥了，因為工商業時間快，網路時代的時間更快，快到沒有從容的好時光，孕育一個小孩。孩子，長大是一件說快也快、說慢也慢的事情，尤其是陪伴一個人成長。你聽過的那首搖籃曲「嬰仔嬰嬰睏，一暝大一寸」，正因為孩子的長大不會是數位年代，才會希望孩子一晚長高一寸。

你沒有弟弟，沒有陪伴弟弟長大的事蹟，我有弟弟，但也忘記弟弟升國中後，是怎麼萌生報考軍校的念頭，我對這事是否曾予寬慰、了解？而今思索，像望進時間的大霧，不僅弟弟迷失了，我也看不見自己在哪裏，不像我的小時候，總能看見大哥餵雞鴨、煮飼料、馭牛、持犁，總是走在我前頭。人生中，或多或少都有謎一般、霧一樣的時間，國中歲月即是如此。

我也曾走在弟弟的前面。那是假日，我跟弟弟從三重住處，過三和路、轉正義北路，到金國戲院以及已拆除的舊天台戲院，度過好幾個下午。這一條路，是我跟弟弟對城市繁華的最初認識；這一條路，我現在每回走過，時間之線就起了棉球，再看到弟弟快樂洋溢的一張臉。

年初，我陪你訪校園，探看考場，過了這關卡，你要成為大學生了。陪考當天，舉目所見都是殷切的父母，你不知道的是，我當年考高中，爺爺奶奶忙工作，無暇接應，陪伴我的正是我弟弟，你的叔叔。不知道他怎麼度過無聊漫長的兩天？當我與數學、國文、英文以及地理、歷史對抗時，弟弟怎麼對抗那一格一格的寂寥，而能在有限的下課時間，仍一派天真、仍饒富興致，陪我說話？不可思議的是，我在弟弟高中應試時，卻因學校舉辦聯誼而缺席了。

「當時，你什麼心情呢？」孩子你問得好，當時我啊，拒絕以後一點慚愧都沒有。年輕時的血氣，都帶著點任性了，彷彿那句狂語，「寧可我負天下人，也不願天下人負我」，但我非曹操，而是一個回首前塵，心中有愧的哥哥。

會是這個緣故，所以當你還是小 BABY，我故意暱稱你小哥哥，是希望你成為弟妹的兄長，能知道走在前頭的人，該有什麼樣的姿態。

現代台灣家庭，不像我的小時候，上有兄姊、下有弟妹，多數人家，都一個孩子。我的北京朋友，在愛情上有了嫌隙，幾度鬧分離，都逼進法院，還找了律師。她的丈夫也夠厲害，更解人性巧妙，把孩子帶到法庭，家庭革命終以鬧劇收場。一場離不開的婚姻，只能想像可能離開的一天，朋友謹慎收妥結婚證，說不準真有那麼一天，夫妻陌路，各走天涯。但他們的孩子成了牢靠的關係，朋友終於放棄了愛情，因為她無法放棄，孩子觀看自己的模樣。

「怎麼跟我談這許多？又是兄弟、又是婚姻的？」孩子你問得對，但也不對，人生的難題不是試卷，一題做完接下一題，它們最常結伴而來，彷彿在說，人海茫茫中，人的問題就是海，一個浪來，接著是一個浪來。

我在「微信」建立一個群組，用以聯絡家族成員。成員不多，弟弟遲遲沒有加入，寄發邀請時，才知道弟弟設定了「驗證」，我必須做一番自我介紹，他才好決定，要或不要，加我為友。

孩子，父子的名分是生下你就有了，兄弟的事實亦然，但父子與兄弟能不能變成朋友，這就難說了，所以你會看到我焦急地按進微信，看手機裏頭，我傳出的介紹詞，能否叮咚一聲，換回一個驗證。

輯二——

與風雨結婚

討厭與喜歡都不會停，
失去玩具的悲傷不會停、
願意與不願意也不會停，
孩子，你與自己的協商可能是場風暴，
而我希望你也不會停……

最青與最深的朋友

人生的花木馬上，
起、落都是常態，但有沒有一個朋友，
在你沉降而下的時候，
記得你的燦爛容顏呢？當你有機會，
與朋友相識於青春歲月，
相伴於初老時分，那是人生的幸福。

有一年春節，我在淡水遇見高中同學，我按著孩子的肩頭，輕聲說，「喊阿伯哪。」同學帶著女兒。她的小臉兒被冬風吹得凍紅，穿紅外套、戴紅花帽，非常喜氣。淡水老街是旅遊熱點，行人不僅如織，而且織得凌亂，情人兩兩成對、家族三五成群、青青學子團團圍聚，每種移動都是一種織法，沒想到同學左閃右閃、我與孩子東挪西移，竟會頭了。

我們只頓了一下，便認出彼此，「喊阿伯、喊阿伯」，我督促孩子。

關於人情稱謂，你向來拘謹，那一回也不例外。你怯怯低喊了聲阿伯，同學約莫是聽不見。見面寒暄，是基本應對進退，你還在摸索線頭，摸不著頭緒時，便索性不喊。我總是跟你說，先喊了，我再細說原委。稱謂不僅是稱謂，後頭有故事呢，待與同學父女分別，我才跟你說，他是我最要好的高中同學，住得也近，只是少往來，倒常在超商或者傳統市場碰著。

孩子，當你有機會，與朋友相識於青春歲月，相伴於初老時分，那是人生的幸福，所以我常問你，可有要好的朋友或同學？當你們長大了、成家了，你們或許距離遙遠，卻會留在朋友的敘述裏，如同童話的經典開場，「在很久很久以前……」

在很久很久以前，當時不知道寒暑，也不知道有你，我跟林姓同學就玩在一塊了。我們是國中與高中同學，一塊健行，往山裏走、往溪邊行，包括名聞遐邇的中部橫貫公路。當時，台灣旅遊風氣未開，走訪太魯閣與天祥時，它們一如它們的地名，悠悠寧靜，完全不像今天，台灣與大陸旅客如織。

當時，是一九八〇年了。二十多年後，也就是淡水巧遇後不久，同學移民巴西。

同學結婚早，才二十歲，已生育男孩。他跟太太租住一間兩房公寓，屋子雖小，畢竟門戶獨立，成為同學聚會場所，有人多喝幾杯，或聊到興起，索性打地鋪，隔天再走。相交三十年，以為友誼該無礙延續，沒料到林妻先入籍巴西，再是他跟女兒，卻是最長的兒子，無法適應移居生活，獨留台灣。

幾年前他返台，我曾帶著你，與他們吃飯。後來一起逛台北車站地下街，買了巴西難以購置的《武則天》、《神雕俠侶》等連續劇當禮物。你忽然問，怎不送《甄環傳》、《瑯琊榜》呢？當年啊當年，我都忘了確切的年，但記得甄環還沒有傳，瑯琊尚未在榜上，韓劇《來自星星的你》還在遠方，否則，我當然願意奉上最熱的禮物，給心頭最熱的朋友。

那一回，我們且同訪高中老師，老師不禁問，花這般代價，花無盡的鄉愁，離台、入他國籍，值不值得？同學住巴西，並非如我之前無稽設想的住莊園、養小馬，而賴買賣中國結等東方飾品維生，一個月得做台幣三十萬業績，才小有利潤。在台灣苦，到巴西苦，老師不解，兩邊都苦，何不在台灣苦？老師非常器重同學，常說他文采好，是班上的才子。同學五官秀氣，皮膚白皙，西裝頭旁分，溫文穩雅。妻子認識他二十載，說他現在老了好多，我卻覺得，他只是倦了。

同學老家就在蘆洲，我的隔鄰小鎮。高中時，我常騎單車經三和路，轉碧華寺附近小徑，途經蒼翠蜿蜒的農田，找他打球。我們常停下，顧盼蝴蝶與野花漫舞，瀏覽野菜與水稻爭路。九〇年代後，三重、蘆洲交界劇烈改變，蓋了新馬路、築了新大橋，有一次路過，想重尋往昔小路，已遍尋不著。

同學被老師問得狼狽，我也無從緩頰。我心底盤算著，巴西返台得花幾十個小時搭機、轉機，前回見他已隔四、五年，按此頻率，這一生再見，不過寥寥數回了。

孩子，你可有這等相識且相伴的朋友？人生難以計算，天意自有安排，人與人能做的，只是為彼此停下，喝個茶、吃頓飯，都好。

難怪，我對於淡水偶遇這事，記憶深刻。當時，你帶著剛買上的甩炮與仙女棒，要到廣場上玩，我們攜手，穿梭如織旅客，尋自己的路，往廣場走。同學顯然更早到了淡水，正往回途，哪知竟遇上了。

孩子，你相信魔術嗎？或者你以後讀到「魔幻寫實」時，會提到的時間幻術？當我與同學眼神對上了，我們忽然頓了一下。我不知道同學想了些什麼，但那個剎那，我腦海兜著旋轉花木馬，彩色的孔雀椅座沉下去，灰暗的大象椅座浮了上來，浮沉之間，音樂一貫地悠揚。

在頓著的瞬間，我把同學讀了一遍。從他是隻孔雀，到現在變成大象；從他的青春斯文，到如今肥胖蒼灰……，但我仍一眼認出他，如同他毫不遲疑辨識出我。

孩子啊，慢慢你會知道，人生的花木馬上，起、落都是常態，但有沒有一個朋友，在你沉降而下的時候，記得你的燦爛容顏呢？

道別以後，我們到廣場玩甩炮與仙女棒。我看了一眼同學離去的身影，並不知道一別，即是天涯。

兩岸青年還過節嗎？

孩子，你身高過我了，
但不會高過歷史，對於過往，
我們必須低頭學習。
成為青年的你，個頭高了，
眼界也該跟著寬。

家在七樓，搭電梯往返，得十來秒。十來秒能幹嘛呢？拉丁美洲作家波赫士可以在短暫的幾秒鐘，神遊幾個遼闊世界，成為魔幻寫實先驅。那一天，我們也非常魔幻，但沒去得太遠，只在你跟我的身高上。你微笑盯看電梯裏的鏡子，「咦，爸爸呀，你又變矮了！」

我變矮？很可能。人入中年，骨骼漸漸萎，但更多的可能是你又長高了。你已成挺拔的青年。你先趕過媽媽身高，再與我齊，然後這一超越，就永遠高過我了。我心頭嘀咕，你可長成真正的「青年」？

兩岸煙硝不斷時，「青年節」被放大，而且放得很大。但現下，行事曆上仍註寫著「青年節」字樣，但誰還來「節」一下青年呢？慶典、紀念甚至被提到的機會，都非常少了。

清末，年輕志士前仆後繼響應國父革命，設「青年節」，紀念黃花崗與其他戰役的罹難先烈，以其青春盛茂而為國犧牲，除悼念英靈，也供後世效法。早年，台灣國文教材收錄林覺民〈與妻訣別書〉，以教育的形式，一次一次描繪時代的苦難，跟人民的覺醒；描繪它、記憶它，然後知道人間的大愛。

在我的世代，每一個人都駐留在林覺民的訣別信，闔眼追思，回想窗外陰霾卻無雨，門前晴天卻蓊鬱，我們立志跟隨革命先驅，整衣衫、提行囊，背離他的家園，為國家苦難從容就義。

台灣經歷過大中國教育，我們熟悉大陸更勝台灣。近十餘年，台灣戮力本土教育，在你還小的時候，我曾與你共讀，發現台灣藏有許多我不熟悉的典故，比如高雄以前叫做「打狗」、宜蘭舊名「噶瑪蘭」，台東的鹿野、台中的霧社，則屬於原住民語彙。很多歷史正在出土，很多記憶也在遠離，比如你就問我，誰是林覺民哪？〈與妻訣別書〉竟與時代訣別了……

我心一慟。孩子哪，時代會走成今天的樣子，絕不是無端造成的，一個人的死改變不了一個世代，但有人相信他的生命能改變世代的，沒有一個人願意輕輕地活，只對自己有意義。成為青年的你，個頭高了，眼界也該跟著寬。

我常想，我如何變成今天的我？這究竟是我可以定決，還是我與時代的合謀？有一年，台灣《聯合報》以大篇幅報導國民政府大陳島撤退。一九五〇年舟山撤軍後，浙江大陳島成為國民政府最北的領土，迄一九五五年二月棄守為止，國軍、共軍互有征戰，蔣介石且派出陸軍四十六師增援，兼以美援物資，士氣大振；不過，共軍兵力支援更多，隨著台州路橋機場落成後，掌握海空優勢，大勢盡去，國民政府與美國海軍啟動「金剛計畫」，撤出三萬多名島民，自此國民政府只剩台澎金馬。雖是節節敗退的戰史，卻畢竟是歷史，而大陳島再往南，就是我生長的金門。

我從小即不斷地問，若我不生在金門，而是廈門，我將開啟什麼樣的未來？屆時，你再投胎人間，會當我的小孩嗎？

還能記得青年節？妻子說她記得。那是我們的結婚紀念日。當年遍翻農民曆，得要日子好，最好適逢放假，三月二十九因此中選。可這一天是青年節呢，一個肅殺、悲傷、死亡的日子，又未嘗不是新生、喜悅，告別舊的，迎接新的一天？選在這一天完成終身大事，我必也回想了清末的那一天，烈士們走向一個流血的地方。多年後，我卻背著他們，迎向紅展展的囍字。我或也想，烈士們必也樂見後世，以這一天，當做他們的結婚紀念日。

大陸有「青年節」，不在三月二十九日，而是五月四日。一九一九年五月四日，北京學生為了抗議「巴黎和會」列強踐踏中國主權，把德國在山東的權益，基於利益分配跟交換，轉讓給日本，青年發起示威抗議，成為「五四青年節」的源起。

孩子，你身高過我了，但不會高過歷史，對於過往，我們必須低頭學習。台灣以三月二十九日當青年節，因為它鋪陳了武昌起義，大陸訂在五月四日，強調民族的覺醒。兩個日子都是黎明前的黑暗。孩子，這是一個有意思的節日，你要茁壯、你要蛻變成青年，必須歷經挑戰。折磨，沒有一個是彩色的，如果有，則是和著汗跟血。兩岸擇了不同的意義訂定「青年節」，都有志一同地不再放假，這一天，很容易匆匆地成為歷史的某一天。

孩子呀，你會繼續長高，會再次訝異地說，「爸爸，你又變矮了！」長高，當然是一種歷史。家裏門柱上留有你六十公分、一米高、一米四十五的紀錄，你一路長上來，超過我，成為家裏最高的人。長高是歷史，在腦袋裏生長歷史，你所吃的任一口米飯，都會更有滋味了。

到了這一天，孩子你會發現，人生中有一種魔幻，是低著頭、苦壓著背脊，栽育每一款苗種。

我的閱讀，有樹、有風，也有豬……

你的床，我再擠不進去了，
但不代表我不能陪你做夢，
尤其是閱讀；有更多的閱讀，
必須待你自己發現、體會跟領悟，
我的述說，只能開啟自己的閱讀地圖，
而不是你的。

「閱讀」，曾是我這一輩，非常寶貝的「地圖」。

睡前，我擠進你的單人床，按習慣，提一個可以跟你分享的成長點滴。床，越來越擠，我暗暗擔心，有一天，我們的睡前抬槓，會被時間擠壓，然後消失不見……。孩子，到時候你能透過一張與我依偎的床，找到我們的「地圖」嗎？

你問，「什麼是你們這一輩？難道閱讀也分世代？」閱讀的區分，大約等於貧窮狀態的劃分，越窮困、環境越不同，閱讀背景便各有條件。我跟你說，記得金門老家嗎？你點點頭。我們曾經一起歸返老家，陪你上香，告與先祖諸神。

「只可惜，」我語帶惋惜，「你不認識陪我閱讀的樹。」

「樹？」你好奇，一棵樹怎麼陪我閱讀。孩子，按說書人的方式，我該賣個關子，但不僅你急於知道、我也樂於分享，什麼關子都不需要賣。我的閱讀，與一棵樹有關，似乎很懸疑，但確是如此。

老家屋後有一株木麻黃，堂哥趁農閒午後，溜爬上去，拿麻繩，老老實實繫住枝幹兩頭，綁了個吊床。麻繩粗，屁股坐著，繩子入肉有些發疼。再者，吊床離地至少三米高，懸在半空，一顆心七上八下。但是，閱讀是能麻醉一個人的，無論是怕疼或怕高，我捧著租來的漫畫，床未必好躺、頭未必好靠，但隨著書頁的翻動，屁股慢慢不疼，心也就不怕。

孩子，像你有可以撒嬌的爺爺、奶奶，我也是。為了可以順利上樹閱讀，我得偷偷摸摸，溜進爺爺午睡的房間。莊稼人都有午休習慣，爺爺是這樣，父親跟伯父也是。我小聲喊阿公、輕聲喊阿公，我清楚記得，光落在爺爺床上的稀微，恰到的光線、剛好的溫柔，睡熟的爺爺呼息均勻，肚皮一起一落。有時候爺爺被我吵醒，摸出兩塊錢；有時候還睡著，一邊掏著口袋。

孩子，我料想，我跟爺爺討錢是幸福，爺爺摸索著給我兩枚銅板，也是幸福。我得了錢，跑到村裏漫畫出租店，租了想看的書，一溜煙，回到屋後的木麻黃樹前，爬上去。我從漫畫閱讀，進展為文字，所以孩子，你問我什麼閱讀最好，我會說無論是文，還是圖，只要能讓腦袋瓜子停頓，能在一個瞬間，對於閱讀，對於人世，能有一點點回味，那就是閱讀。那就是屬於你的閱讀了。

陪我閱讀的，有樹、有風，還有豬……。你咦的一聲，幾乎要起身，說我瞎扯，「有誰閱讀需要一頭豬呢？」微燈的房間，孩子，你看不到我的微笑，但我是微笑的，當我回到樹上的閱讀時光。

鄉下人家，幾乎家家戶戶養豬，應用廚餘，又可以蓄養牲畜。老家的豬寮距離樹、距離我念念不忘的木麻黃，不過五六公尺遠。我要妥了銅板，爬上樹時，約莫下午兩點了，豬比莊稼漢更愛午睡。我還留意到，豬會做夢，常常我看書的同時，也聽到豬囝「哞哞」、「哞哞哞」夢著我不知曉的夢，說著豬國的夢囈。

「我多想知道一隻豬怎麼做夢？又夢到什麼了？」我說。

「我也好想知道喔。」你好奇心被挑起，我懷疑，你今夜如果做夢，很可能會回到我的童年，變成豬寮裏的一頭豬囝，「我才不要變成豬呢！」你著急地搶白。是的，我明白，你已經徹底入戲，陪我溫習童年的閱讀了。

聽豬說夢話很有趣，怕的是風向改了，豬屎味道飄上了樹，我只能有兩種選擇，一是避風頭，重尋讀書處；一是把聞豬屎氣味當做修練，邊聞邊讀書了。

有一回我選擇後者，不知道是讀書累了，還是被豬屎薰暈，我倏然睜眼，發覺自己在吊床上打了個盹，警覺到我在樹上而不是床上，同時，正有一股詭異氣息朝我靠近。

孩子緊張地握我胳臂，放心，不是蛇，不是毛毛蟲，低頭，正見堂哥輕悄悄摸上樹。我低頭往下看，一床棉被仔細地攤在樹根旁，二伯母、堂嫂，小心翼翼地往上瞧，囑咐堂哥小心，「慢慢來，吵醒他，翻身掉下來，可要摔慘了。」

我讀漫畫，也看《天方夜譚》、《水滸傳》、《三國演義》，以及薛仁貴父子、樊梨花移山倒海等民間故事集，微小的心靈辨不得小說講究內在邏輯、人物何以扁平何以立體、故事是什麼敘述跟風格，只是陶醉在情節裏，對英雄逞強冒險，充滿想像；對時代的驚濤駭浪只有嚮往，沒有悲涼。當然也渾然忘了，這樹是木麻黃，這木麻黃是在前線金門。

閱讀的樂趣就在抽離。抽離讀者的時空、情緒、身分，給予適當線索，任憑想像遨遊。

我的閱讀，有樹、有風、有豬，也有海。這就不懸疑了，因為金門環海。海濤聲震盪上樹梢，聽起來，好像一個頑皮孩子，盪上鞦韆。當木麻黃佇立老家身後時，宛如那是一把傘，遮陽、避雨。

閱讀正像這一把傘。在眼前攤開了它，但讀過的文字都成為思維的背景。孩子的回應漸漸少了。該是要睡著了。也好。

大陸有作家是在病房裏閱讀，鐵床上剛剛躺過死人，作家毫不在意，彷彿文字有死、亦有生，甚且，文字的生機來自失去溫度的地方；有作家在大街上讀書，當他修好病人的牙，等待下一個病牙的空檔，打開書、打開一條街，也打開一條新的人生；有人是在東北牧場閱讀，目睹草原正綠，牧場主人的窈窕女兒正扭著臀，一搖一擺走過去；當時，世界上最為豐美者，不過是一名少女的風姿。有作家在北京大雪時，孤零零走過天橋，回到暖氣不暖、親人不親的所在，他的閱讀都在心版上，一所寂寞、兩種心聲，那些關於愛與不愛，寫或不寫，它們都印做雪地微痕，期待春來發幾枝……

孩子，你睡了也好，有更多的閱讀，必須待你自己發現、體會跟領悟，我的述說，常常只能開啟自己的閱讀地圖，而不是你的。

孩子，你的長大果然很快，你的床，我再擠不進去了，但不代表我不能陪你做夢，尤其是閱讀；閱讀樹、閱讀風，甚至閱讀你自己的豬。

我煨暖了，你離開的背影

你漸長之後，
是否漸漸感到親情間的某種傾斜，
總是長輩費心照看晚輩，
晚輩偶一回眸，長輩就感激涕零。
孩子，站起來，用一個兒子的獨立姿態，
煨暖媽媽的背影。

朋友說，她孩子大學就讀心理系，很可能肇因童年有一次，她為完成緊急的翻譯，帶孩子到托兒園，叮囑孩子遊戲、午餐後，孩子鑽進小小被窩，即將午寐，他睡眼掙扎，緊拉著她的手，眼皮黏沉時，兀自掙扎，「媽咪不要走……」朋友強忍淚水安撫孩子，「你安心睡，保證你一醒來，就會看到媽咪。」

朋友撒謊了。醒來，她不在，園方後來轉述，她的孩子怎麼傷心，又怎麼地在極度的哭鬧之後，轉而安靜不語。像是有一個空隙，在哭與不哭、鬧與不鬧之間，著床了，且帶著點黑暗、惡意。

孩子，我想起你的「四腳獸」時代。約莫十個月大時，我把你託給樓下的余媽媽照看。我把你送到她家門口，看到余媽媽擺弄一桌子的玩具，吸引你注意，余媽媽偷偷轉身朝向我，嚕起嘴、皺著雙眉，那表情任誰看了，都知道她正努力調動臉部所有肌肉，寫著「走、走，趕快走」。孩子，我走得急，彷彿余媽媽的表情真的擠出聲音了。

我回到七樓居家，望了眼樓下中庭，你必不知道，你跟我的距離只有短短半分鐘。我花了一段時間，才能把思緒轉回寫作計畫。它將抵結案時間，我得趕緊完成。傍晚，我到余媽媽家接你，余媽媽或在廚房料理晚餐，上午吸引你注意的玩具散落地上，吸引不了你的興趣，你坐在客廳深處，燈光稀微處，你的模樣就是我的一款傷心，我輕輕敲了敲門，你看見了，先是愣了一下，接著就是「四腳獸」時期的你，最有力量的發揮，你如一頭奔馳的豹，朝我爬了過來。兩隻手掌，一前一後，搭搭搭地，聲勢與速度同等威猛。

我推開虛掩的門，向前，一把撈起你。

孩子，我離開你之前，當然偷偷瞄你，我更感到好奇，若你回過頭來找我，會看到我的哪一種背影？那讓我想到我母親。孩子，你漸長之後，是否漸漸感到親情間的某種傾斜，總是長輩費心照看晚輩，晚輩偶一回眸，長輩就感激涕零。

真實發生的一個故事是，我的大學朋友，貌美、家世優、學業佳，就算不是含著金湯匙出生，至少是銀，她福至心靈般，在暑假期間，省悟到爸媽不能是永遠的靠山，打了工，在八月八日父親節，給了爸爸一個小紅包。這位實業家爸爸，當場流下了結實的父親淚，回贈女兒更大的紅包。

孩子，我很少與你說，我曾跟你一樣，搜尋媽媽離開時的背影。一回是小時候，媽媽帶我進城，訪開冰果店的堂姊。我喜歡冰果店中，陳列在玻璃後、形形色色的冰品添加物，有芒果等蜜餞、有紅豆等熬煮物，糖香、果香，以及新鮮的香蕉、芒果、鳳梨等，讓冰果店成為城鎮中，空氣濃稠度最高的地方了。我耽吃剉冰，並沉迷於香氣世界，壓根忘了媽媽什麼時候不在了。堂姊促狹地說，「媽媽不要你了。」我張慌復張慌，竟相信堂姊所言，兇猛地哭了。

孩子，當時我相信媽媽是我的全部世界，就像你相信，我的胸膛是你永遠的操場。

下一回，張望媽媽背影時，我已經是「男人」了。孩子，在十多年前，台灣社會對「男人」的定義，不在於是否滿十八或二十，而是：「當過兵了嗎？」大陸同胞到台灣，最感到驚奇的事件之一，是台灣男人幾乎人人都要服兵役。

當然，有人利用權限或者法規逃脫了，像是連戰的公子連勝文，致使陳水扁打選戰時，其子陳致中，故意拍攝著軍服、單手伏地挺身的文宣，攻擊連戰。後來證明，文宣只能是文宣，陳致中入伍服役後，享盡特權，必定連「五百障礙」都沒訓練過。

我出身金門戰地，從小看慣軍旅與操練，自覺體力尚優，應可勝任。高中畢業前，老師公開詢問誰願意提前服役，全班四、五十個人，幾乎都高舉著手，到了體檢報到，只我一個人。雖一人，我仍獨往，深信能夠當個好軍人，沒料到「睡覺」就是一個大問題。晚上十點就寢，同袍超勞累，雖快速入眠，卻不安靜；陣陣車鳴、齁齁雷響，我躺在床上，以棉被掩耳抵擋、以默數呼吸遺忘，都無法好好睡上一覺。常是熬到兩三點，才倦倦睡去。我因此省悟，當好軍人的首要秉性，必須好吃好眠。

看多了操練，並不代表可以勝任，「五百障礙」就是最大的考驗。它的項目有快跑、爬竿、跳壕溝、爬矮牆，以及持槍匍匐前進，通過低矮的鐵絲網。一次操練，看見身高一米九的大個子，攀爬兩公尺高的「矮牆」，竟蹬不過去，一米六多的矮個，反而飛躍而過。我跟同袍不解竊笑。等輪到自己上陣，警覺到多數人的實力，都在臨場時，折心損力。平日不費事即攀過的「矮牆」，掙扎一番才克服，正式戴上鋼盔、繫S腰帶、扛槍，身體負荷重，再戰「五百障礙」時，卻在「矮牆」前手軟乏力。最後只能繞過去，失格，加入集訓名單。

孩子，與你提一連串服役事宜，正因為我的母親、你的阿嬤在假日，多次舟車勞頓，上受訓中心看我。她帶來牛肉乾、肉乾、汽水等零食，看我飢餓吞嚥，是否感慨我餓得如此厲害？看我的體魄漸漸壯碩，對我的長大，又感到欣慰？我常想，當時媽媽的心中，必定是兩難，欣喜我長大，又擔憂我忘了她；高興我能獨立，又憂心我的獨立，剝奪她照顧我的習慣。

會客時間不長，我目送媽媽，走上停在操場旁的交通車。車子開走了，我仍看見媽媽，幾步一回頭，頻頻揮手，那像在說，別送了，回去吧；又像說別擔心，媽媽跟你都會好好的？

孩子，交通車離開以後，我沒有回到營舍，而到五百障礙場自我磨練。持裝備爬竿，臂力耗費殆盡，再戰矮牆，自然就過不了，它們必須雙手、雙腿合一，才能克服。

我一次一次地，面對它、衝擊它、挑戰它，在幾天後的測驗，不僅克服了，還成績出色。當時我，氣力雖未放盡，但也連連喘氣，我望向媽媽上車的地方，淡淡地笑，跟她說，我做到了。

孩子，那一刻我的心情，多麼像你，豹一般的四腳獸，快速奔向我。只是我已經站了起來，用一個兒子的獨立姿態，輕輕煨暖媽媽的背影。

李小龍打出來的民族大義

一個區域、一個國家，
必得有一個中心信念。
孩子，那就是你要追蹤與探索的，
怎麼回顧羞恥歷史，並給它們，
一支把黑夜照得澈亮的火炬。

我的國中跟高中時代，台灣還屬於「戒嚴」。孩子，你誕生於九〇後，呱呱落地時，風氣已經自由，所謂的「戒嚴」只是歷史課本名詞，於我、你的爺爺、奶奶，那是真實存在著。當一個國家處於戰爭、叛亂、瘟疫或者經濟危機，政府得採取必要措施，以維護社會寧靜；比如宵禁，比如禁止集會。

那樣的靜，經常是「假象」，表面上，人們奉公守法，私底下，則人人想盡法子，給自己空間。

比如說學校禁黃、禁黑，但學生總有辦法因應「走私」。「黃」指黃色書刊，「黑」說的是武俠小說，學生想法子購得書刊，同學一小撮，下課後圍圈，看著讓人臉孔發燙、心情盪漾的裸女圖片。社會跟學校雖然禁黑，武俠片卻引領風潮，成為台灣六〇、七〇年代的重要娛樂，而武俠明星之最，自屬李小龍。

孩子啊，我剛剛去了一趟美國，頭一遭去，感觸尤深。以往對於美國的印象，我跟你一樣，都止於電影、大聯盟、搖滾樂，以及他們不斷宣導的「大美國」主義。那是種高張的集體意識，從另一方面講，卻也是「捨我其誰」的氣魄，對於個人能力、國際競爭等，都是。

網路世界弗屆，美國民族主義依然興盛，我必須說，這是奇蹟哪，且對比當代台灣局勢，我尤其感到不安。孩子，你活在當代台灣，必須知道當代的傳播、潮流，是你認識世界的起點，但也是局限。不斷地，有來自大陸與台灣的僑胞，都諄諄告誡，「得讓孩子到國外走走、看看……」我每聽聞，都感到慚愧。

孩子，我怕你離我太遠，在海峽之外，在換日線以外，我對你的牽掛，又怎能在不同的國度、不同的一天？每一個父母，都有他們的束縛，我多麼擔心，你長大後離我的世界太遠，遠得在海峽以及換日線以外……

美國行，讓我看見許多遠赴異國打拚，但心繫故土的僑胞。他們又讓我想起李小龍，一位遠在好萊塢奮鬥的武俠明星。李小龍是六〇年代走紅的武打明星，他的師父正是近年來，在兩岸三地爆紅的「葉問」，大陸武打偶像甄子丹與製作團隊，把「葉問」塑造為民族英雄。

我最早感受到「民族主義」一詞的血氣，是在清末時，列強侵略中國，滿清怎麼訂下屈辱和約。葉問，以及李小龍扮演的角色，都無助一個民族的淪落，但他們的挺身而出，就是大義，就是民族的脊椎。李小龍打日本人、打美國人、打英國人，看他的電影總血脈賁張，在東方勢力尚無蹤影，民族勇氣才抽新芽，李小龍幫我們溯流歷史，在國格盡失的殖民時代，用拳頭、用鮮血，抗衡列強。抗衡的時效雖僅看電影的個把小時，把列強打得頭破血流，但這裏頭，只一個「爽」字得以說明。

孩子，就連武打也是一種傳承。你或許不知道李小龍武打的民族意義，但肯定知道港星周星馳的武打花招，許多武打動作都模仿李小龍，一身條紋運動裝，更是李小龍的標識配備。幸好周星馳後期電影，漸漸擺脫搞笑，比如《功夫》，在詮釋中國武術的博大精深，而曾在台灣電視台播放的《李小龍傳奇》影集，我若得空，常常準時收看。影集中交代李小龍在香港的武林恩怨、赴美求學遍訪武館切磋、獲指導教授許可研究武學，李小龍終以「太極」為基礎，詮釋強、弱的界線。

記得嗎？有一次帶你到牙醫診所，電視正播放非常不新的新聞，我獲得候診民眾同意，趕緊轉頻道，看李小龍跟美國柔術大師的對決。

《李小龍傳奇》重搏鬥，仍不停說明陰、陽變化如何化入拳術，並捨棄武林的門戶之見，徵引各種搏鬥之長，創造著重實戰技術的「截拳道」，並以功夫踹開西方偏見，成為敵抗強權的世界英雄。牙醫診所內幾名中年人，忙問連續劇在哪一台、哪一個時段播放。

孩子，我小時候所受的教育之一，就是「二十一世紀是中國人的世紀」。為什麼如此教育？因為十九世紀、二十世紀，中國羸弱，我們的希望只在縹緲虛無的「二十一世紀」。

小時候與玩伴學李小龍，臉微偏，雙手前後攤，如太極又似拳擊，雙腿前後跨，前後跳躍。然後「我打、我打」地怪吼怪叫。我相信在那一個時刻，不管金門或台灣，正有數不清的小小李小龍，比畫姿勢，在公園、在廟口、在操場，或打或踢，大家都做著同樣的武俠夢。上國中時，我還買了一副雙節棍，想學李小龍耍棍。雙節棍是木製，揮耍時，每打得我頭腫背傷。

李小龍的喪禮製作成電影，於戲院播放，數十萬香港居民扶靈，尾隨李小龍遺照，彷彿走向沒有希望的未來。當時我才八、九歲，與堂姊、堂哥到戲院看，出戲院，堂姊說李小龍的孩子李國豪，像不知父親死了，喪禮上還顧著玩。三十年後，李國豪踏上星途，於拍戲時，道具槍卻裝填實彈，李國豪慘遭擊斃。

我的武俠夢在李國豪死去時，再又復活，我在暗夜點蠟燭，持木劍，高舉過肩，左手為軸、右手施力，刀風出，蠟燭滅。再點兩支蠟燭，捲高袖管，左右手各捏劍訣，左點右刺，燭光除，黑煙飄，四下滿是焦味。孩子，我在哀悼一代武俠巨星；李小龍沒有後代了，但他的精神就是他的後裔。

孩子，你們這一個世代，都習慣飆網路，玩憤怒鳥、寶可夢，以及微博、臉書等社群網站，若是問你李小龍，你可能「哎喲」一聲，問我他是誰？

李小龍超越了狹隘的民族主義，而為弱勢群體發聲，非洲曾在九〇年代做了一項調查，誰是他們最愛的電影跟明星，答案是李小龍跟他主演的每一部電影。

李小龍教導我的「民族主義」是日漸淡薄了，但是它並沒有走遠，我並不贊成鎖國以及自大、自狂，但我認為一個區域、一個國家，必得有一個中心信念。孩子，那就是你要追蹤與探索的，關於龍的神話、關於東方的崛起，它們是一個又一個的好故事，就等後裔以及後裔們，怎麼回顧羞恥歷史，並給它們一支把黑夜照得澈亮的火炬。

天，是最大最滿的螢幕

天是最大的螢幕，
祂裝載了千年、萬年，都還是那麼地空，
永遠不需要更新軟體和硬碟。
無論雲端載體多麼巨大，都還有天，
比它更大、更浩瀚。所以，孩子，
抬起頭來看看天吧！

越少的人，抬頭看天了。那不只是透過網路傳輸，低頭流覽私訊、新聞，或者打電玩、抓寶可夢等。最早，是高樓大廈隱藏了天際線；最早，是日漸的匆忙，讓天越遠了。孩子你說，天很近哪，每天的每天都在起床、吃早餐、上學，忙著成長、也忙著世故。天，是時間的縱貫線，不回頭的，就像你再也回不到我的襁褓，小袋鼠一般，窩在我懷裏。

我說的天，不是時間計量，但跟時間一樣，從盤古開天闢地以來就存在了，孩子，你不好奇嗎？何以天空的「天」，成為時間的「天」，成為我們的「每一天」？

世界一片荒蕪時，萬事萬物等著被認識、被命名，先民沒有後來的種種發明，生活滿布威脅，也處處驚奇，到底這望不透的天幕是什麼呀？它是方、是圓？東西南北、春夏秋冬被發現了，一天以及一年，也被認識與定義。

我想跟你說，在以前的農業社會，我們跟天很近。父親等老一輩的莊稼漢，跟「天」有祕密聯繫一般，能讀懂雲層變化、知道風向代表的意義，連濕度、溫度，竟然聞了聞，就能知曉。村人根據節氣耕種、收穫，經常祭祀，以感謝天地作育。科學不發達的年代，功與過，老天都有分，但一般百姓豈敢質疑「天」？比如初播種時遭冰雹落擊、臨收割前遇大雨攪局……，埋怨免不了，但還是一步一步踏上田，抬頭看天。

我被那樣的姿態感動。他們模樣無辜，但又虔誠；埋怨老天無眼，又會靜下心思索，人如何跟大地學習，深深接受天的任何啟示。天無所不在，也是無所不在的神，我有位同學，他的父親正是神明的代言人，俗稱「童乩」。

「童乩」這詞，有一度帶貶意了，當他與詐騙信眾的神棍合一時，害苦許多人家，但在古早的鄉下，他的地位崇高，雖說科學昌明，仍有科學無法抵達之謎。同學的父親，許多回在廟會祭拜，以鐵刺穿鑿雙頰，鮮血直流。孩子，你若親見那個畫面，會被它的野蠻、血腥嚇唬住，但當一個凡人要為天、為神代言，它的途徑是透過疼痛……，以疼痛為語言，它的發音或更慈悲了。

孩子，我幾乎要離題了，我想說的是天，以及關於祂的神祕傳說，就在我們漸少看天的時候，虔敬與美麗、信仰和謙卑，都一一走遠。一個不看天的時代，彷彿人人都以自己為王。

傳統習俗中，我很喜歡七夕的「拜七娘媽」。七娘媽祭祀牛郎與織女，這個美麗的中國民間故事，戀人靠喜鵲搭橋，才得一年一會。小小年紀，自然不懂人間悲歡離合，但我喜歡祭祀的氣氛。不喧嘩、不很隆重，在三合院前擺兩條長板凳，安置祭祀的菜肴，最有趣的，是祭拜時會擺上紙跟竹架繪製的七娘媽亭，裏頭不多不少，正是七仙女。

我喜歡數她們。一二三、五六七，果然不多不少。我總淘氣地想，萬一多放了一位或少放了，天庭會大亂嗎？仙女的臉蛋用糯米捏塑，再妙筆勾勒眉眼，七仙女長得一模一樣，偏偏我跟堂妹、弟弟說，「第二排第三位，肯定就是織女了。」他們齊聲問，「為什麼呢？」我故做大人口吻，「你們看哪，她長得最美。」他們爭看、比對，「哎呀，真的，那位仙女長得最漂亮。」

祭祀後，輪到我最愛的習俗上場了，丟胭脂上三合院屋頂。母親說，胭脂是給七仙女妝美用的，我拿著銅板大小，但厚了點、潤了些的胭脂，心想只要扔上了天，七仙女該有仙術，把平凡的胭脂變成厲害的化妝水。我滿懷想像跟感動，丟胭脂上樓頂。

孩子，生活在都會，天是被分割、被遺忘的，除了每一天的作息，與天息息相關的，就屬天氣。晴或雨、寒流或高溫，以及熱帶地區常見的颱風。尤其七、八月颱風頻繁，當有低氣壓生自太平洋，電視螢幕出現一個漩渦，我們關心它是否侵襲？會在哪一天來，能放颱風假嗎？先民不解的神祕，已經有了合理化的數位分析，而且變成都會人的「福利品」，幾乎遺忘颱風破壞作物，暴雨非常霸道，變成毀家滅村的土石流……。悲劇發生時，新聞多驚悚寫上「大自然的反撲」，來提醒人的擁有物，天或者大自然，很容易輕易收了回去。

我曾經造訪海南島三亞，觀摩他們的城市改造，三亞提出「生態維護、城市修補」兩大主張，臨春溪果然非常春天，紅樹林長得自在，白鷺鷥棲息枝頭，經常靜默成達摩，讓人懷疑鳥是真是假？直到牠飛起，河流映著牠柔白的雙翼。防治單位阻斷了數百條汙水排放口，分流家庭汙水與工業廢水，河流沒整治前，該如何惡臭？又是怎麼地以自己為王，才讓走了千年萬載的河流，在短短幾年造成嚴重破壞？我們又要如何地痛，才會去聆聽，一個經常沉默的天？盤古開天闢地，以及女媧補天，原來不是神話，而在現代一一有了聆聽、有了對話。

孩子啊，城市生活常開「方便法門」，信仰與民俗遷就匆忙的生活。父母搬遷到城市，很少再祭拜七娘媽，舊時代的美好失去它美好的依存，但我多麼希望你，移開手機跟電腦螢幕，轉移低頭的姿態，抬起頭，看天；看一片雲朵怎麼從東方的陰，變化成晴朗的西邊。我喜歡看父母祭拜，他們不只是祈禱、敬求，他們看到「天」也有祂的不足，拜七娘媽，祭胭脂給天庭，正是推己及人，不以自己的滿足為滿足。

有一回，返故鄉金門，下榻水頭村，在民宿主人的辦公室看到「七娘媽」，主人說，金門舉辦的民俗活動，有一項正是教導怎麼溫習舊文化，主人敬卑地，糊製了她的「七娘媽」。我猜想，主人也有她扔上天庭的胭脂，也有她與七娘媽、與天的祕密私語。

孩子，天是最大的螢幕，祂裝載了千年、萬年，都還是那麼地空，永遠不需要更新軟體和硬碟，無論雲端載體多麼巨大，都還有天，比它更大、更浩瀚。

所以，抬起頭來看看天吧，這麼做，同時還利於筋骨。

一個人遇見另一個人，本該是風雨無阻

當我無法抱你，
你也不再牽我時，
你長大了，
但你學會擁抱，並且牽握自己了嗎？
孩子，關於一個人遇見另一個人，
本該是風雨無阻。婚姻的起初，
需得跟自己結婚。

聽到爺爺問你，「小雨啊，何時交女朋友，趕緊結婚？」我既驚且喜，一眨眼，你已是大學生，漸漸來到適婚年紀，要在茫茫人海，遇你的人生伴侶？我總開玩笑，「得選個英文、數學都好的，改善我們家的遺傳基因。」每一個人的婚事，都是際遇的交集，孩子，挑個宜蘭姑娘好不好？或者到對岸，找個北京美女？

曾會議海南島，在海邊跟鳥巢度假村，見新婚情侶，於海於山，拍下他們的海誓山盟。我想起自個兒的婚禮，繁複的迎親與祭拜，以及來不及參加的他人喜宴，之後收到的謝卡。新娘穿裸肩小禮服、挽髮髻，娟秀臉蛋杏仁眼，故意洗做黑白照，美麗風采卻更彩色了。側臉的她猶如隱喻：婚姻以外，該有別的婚姻……，比如父母對她的期待、自個兒的企盼，而不是埋入婚姻，從此醬米油鹽。

我想起參加過的一場喜宴，魚池鄉，台灣南投縣，晶園度假村，在知名的九族文化村隔壁。晶園度假村，孩子，你也造訪數回，我們且與主人成為好友，你當時小，必不知道原委。

有一年，我參加經濟部參訪活動，行程中一個住宿地，就在晶園。入住時，招待人員解說創辦人王先後生長澎湖，幼時到台灣旅遊，因緣際會愛上檜木香，發願要蓋純檜木體的度假村，「晶園」即為一生結晶。澎湖地貧、風大，物資低於台灣，根本不產檜木，年幼的主人深記檜木香；這香味，澎湖沒有，這香味，卻一生繚繞。

凌晨了，游泳、歌唱的旅客都已歇息，關了電視，屋裏屋外盡是蟲鳴。夜深深，檜木氣息濃郁，我撤下思緒，想像枕在大片樹林裏，思緒終於慢慢不見，直到隔天鬧鐘警醒。

參訪後數月，晶園發出邀請，預告九月中旬王家娶媳，舉辦典雅婚禮跟晚會。節目單上寫著，「男方團乘坐歐式馬車至總統別墅，循傳統禮儀迎娶新娘」、「新郎、新娘上馬車後，由迎親舞者於馬車前方展開快樂迎賓舞，一路上有花瓣浴及彩色泡泡相隨」、「馬車緩緩前進，象徵一對新人朝向人生重要城堡大門入口處」……。婚禮的敘述，構築了一種浪漫，慫恿我前往。這場婚禮，不單是王家結婚，也是吳家與王家，結緣的線頭；茫茫人海，我們所遇的豈止是另一半？

再訪晶園，不同前回安靜悠閒，氣球、花朵，以及不斷湧進的賓客，把度假村妝點成嘉年華會。專車分從台北跟高雄出發，抵達時，正見新人下了骨董禮車，音樂演奏下，迎進飯店大廳，拜見王家長輩及奉茶。賓客來自台灣各地，或盈盈祝福，或閒坐咖啡吧台，吃湯圓、喝咖啡。

飯店提供澎湖黑糖糕、鹹餅，以及金門特產貢糖，濃烈的地方味，並非偶然。王先後是澎湖人，妻子李美雪是金門人。我恍然大悟。南投是台灣唯一不靠海的縣，來自離島的主人在此為孩子舉辦婚禮。親友團多來自澎湖、金門，鹹餅、貢糖是吃慣了，在此時地咀嚼，多了些海風、海水，甚至是汗水。在聽不到海濤的山間，故鄉在心田，孩子，這一家的男、女主人都不忘本。

我的下榻處正對游泳池，辦筵席的師傅忙著整理桌椅，綠油油的草皮鋪著一桌一桌紅色桌巾。池畔架音響，小孩瞧著、大人瞧著，都比尋常多了一份期待。新月氤氳霧靄之後，高掛椰子樹梢，它是早起了，還是晚歸？吧台旁，廚師炙烤山豬，木炭熾熱，師傅翻滾豬身，或以刀劃肉，或以水潑炭火，俐落的技術讓人看得忘情。烤肉香四溢，倒成了生理時鐘，不斷告知賓客，宴會時間就要到了。

月色更明朗時，筵席開始，池畔邊，雷射燈球閃耀，主持人祝福新人，證婚人敘述新人，主婚人則說，要把最好的留給子嗣。一場婚禮豈只攸關新人？在這一場婚禮中，結婚的不只新人，而盈注了長者的期盼，猶如新月等待月圓。

我對酒品特別好奇，海尼根啤酒、金門高粱、威士忌跟紅酒，我應該每一種都喝一點吧，哪怕混酒會醉。薩克斯風演奏、曼妙情歌，以及舞蹈家李昕，熱情的佛拉明哥舞。多年前，曾造訪李昕新店住家，她在居家頂樓練舞，逐夢有成，組了李昕舞蹈團；舞台上，舞動的是理想，也是夢？孩子，夢想該隨機、隨緣孳生，不要怕，婚姻若是阻力，就該化為移動，一起往前邁進。

入夜，月色越見清晰，數十桌次，湖畔蜿蜒，像一圈喜氣圍繞，把不圓的湖都畫做圓圈。我看著對面的年輕女孩，來自宜蘭、金門或澎湖？這樣一個浪漫婚禮，會是女孩的夢嗎？如果這樣一個戶外婚禮，風雨攪局呢？出發前一天，我煩擾婚禮能否順利舉行，因為颱風來了，它究竟偏北移出台灣，或偏西橫掃而過？我發函問晶園，他們答覆，「婚禮該是風雨無阻的，趕著大風大雨參加婚禮，似乎也很有意義啊。」

局外人關心氣象，新人不就更擔心了？颱風輕輕切過島嶼邊緣，帶來些許風雨，此時此刻月明天晴。筵席上有人說，真是好運氣；有人說，這是福報。孩子，關於一個人遇見另一個人，本該是風雨無阻。

「小雨，何時交女朋友，趕緊結婚？」爺爺逗你，但也有鼓勵跟期待的意思，想起你五、六個月，我喜歡躺著抱你，你以我的肚皮當操場，跳啊跳，始終在我的懷抱。當我無法抱你，你也不再牽我時，孩子，你長大了，但你學會擁抱，並且牽握自己了嗎？婚姻的起初，需得跟自己結婚。

筵席已歇，賓客未離去，池畔邊歡情高歌。我持海尼根回房，走出陽台，仰頭再喝。後來，我參加各樣婚禮，筵席上，儀式越多、花樣越新，科技與傳統並進，都在述說，一個人怎麼遇見另一個人。

隔天，颱風還是來了，這多像一個隱喻，一個人遇見一個人以後，風雨跟著來了。

果園好不好，問問百喜草就知道

孩子，那短暫的幾小時，
是我們與天地、與果樹、與草的新認識。
而那些細碎的、以為不復記憶的旅程，
極有可能被你重新發現與定義，
並感到雀躍、驚喜。

可以用「雨後春筍」，解釋台灣的藝文活動。約莫九〇年代中期，地方文學獎、大學講座、各式主題徵文以及參訪等，都在社會富裕以後，資金的運用有了轉向；硬體之外還有軟體、物質之外更要靈魂，一種老舊，換上新視角，便讓老運河重新航行，關於它的淤積，都有著古文物出土的意義。

孩子，你當然不是一支「筍」，卻趕上這程春雨；你可能無意收割，但好多抱過你、逗過你的作家，都要問，「小雨讀幾年級了啊？喜歡什麼、有女朋友嗎？」

那些旅程，有你能記憶與無法記憶的。三個月大，你宛如袋鼠，掛在我胸前，搭乘遊覽車不慎撞痛額頭大哭，當然無法記憶；你與前輩作家，在天祥晶華飯店前合影，你面對鏡頭彷彿看得認真。懵懂地看，便如摸象，沒有長鼻子、沒有強健的象腿，而像穿越薄霧，轉身一看，你長大，霧也蒸發。

你十歲那年，與我參訪苗栗三義，參觀農業再造，倒記得比我牢靠，幾年後無意中重履現場，比我更快辨識用餐地點，驚呼，「小白還在！」你指著餐廳旁一隻白狗，仍穿著花布衫、懶洋洋躺在大馬路邊，只有車子零星駛近，才會站起來，朝向來車；也不吠，只是盯著看。難道連小白，也在辨識曾經接待的來客？

那一年，我還能夠抱你、揹你，在你喊累，或故做累態時。我們應農委會與基金會邀請，參觀三義村農業再生。一個重點是「飛牛牧場」，以及依繞它，成為聚集經濟的有機農園、水梨園跟養雞場。我們對四份村參觀「悠然有機果園」更感興趣，親睹果園怎麼不破壞生態，結合水土保持，培育優質水果。

果園位於陡坡，驅車而至時，水保局工作人員已等候片刻，車門一開，他趨前，笑容純樸可掬，猶如即將參觀的果樹。六月到十一月是果園的豐收期，六到九月，水梨盛產，十月產柿，十一到年底，則是柑的天下。入口處屋舍牆上，寫上「山邊溝」、「園內道」、「預鑄洩槽」、「混凝土弧形溝」、「灌溉幹道」、「土壤沖蝕觀察」等園區工程跟供參觀的設施。果樹沿坡陡排列，直到盡頭。近午，陽光逐漸提升光與熱，我不禁高舉右手遮擋陽光，在園區工作的果農卻連帽子都沒戴。果樹下綁著許多只塑膠瓶，近看，上頭密密麻麻地黏滿許多蚊蟲；許多橘子的外皮，卻貼著紙張，這是怎麼一回事？

工作人員說，空瓶用來吸引果蠅等害蟲。果農先在瓶子外頭，塗上足以破壞雄蟲生殖力的荷爾蒙，蟲失去繁殖能力，危害便降低了。以往，果農為了避免陽光直射，造成果實枯乾，失去水分，多會噴灑薄薄的碳酸鈣；現在栽培方式改變，不用藥劑，卻一顆一顆地，在水果的受光面貼上貼紙，俗稱「貼屁股」。

多年後，我到黃山參訪，司機熱情，介紹私房景點，引領一行人參觀謝裕大茶園。茶園種茶也「種貼紙」，蓊鬱的青翠之列，白色貼紙像一面一面的扇，不為茶樹搧風，而招來蚊蟲，走近看仔細，有我們認得的果蠅，以及各式各樣無法辨識的蟲。孩子，我有一股惻隱，關於那些蟲屍，先仆後繼地投進一只陷阱；孩子，我又有一層生存意識，關於自然與生存，誰不是先仆後繼地，投入一場戰爭？無論那是明顯或幽微，都是爭戰。

悠然有機果園與平常所見果園，大不相同。一般果園的果樹下都是泥土，這兒卻遍地是草。果園遍植草，是水土保持的重要環節。果園植「百喜草」，它的根著地力強，含水性佳，大雨來時，百喜草連串的草坪成為天然屏障，阻擋砂石洩流。草茂盛了，可覆蓋果園，草被修剪則敷蓋果園，成為有機肥。你禁不住問，「草，不會把養分都吸收了，讓果樹長不出果實嗎？」

果園植草與傳統觀念違背，但科學佐證，植草的果園優點絕對勝過不植草的。園內設通道，也與傳統背道。為了多種果樹，增加採收，果園常種得密密痲痲，採果時鑽來鑽去，狼狽不便。設置園內道，犧牲種植面積，車子卻可長驅直入，採果速度快，大量節省人力。

孩子，對於土地等資源，人們總是盡力剝奪，砍伐山林栽種經濟作物，致使風雨一來，水跟土石都憤怒了，滅家、滅村等悲劇不斷上演。天，那麼大，像一個無底洞，但工業排泄，讓霾害淹沒北京、石家莊、西安以及古城杭州，天涯有盡時，看似無邊無際，但會越長越矮、越矮越沉，成為懸浮粒子，沉澱在頭髮、皮膚，以及五臟六腑。生態果園不只栽種水果，還培育了人與自然。

果園另闢近兩公尺寬的橫向園道，除運送方便，並順利引導雨水，往橫傾瀉，水流速趨緩，更利水土保持。工作人員說了判斷果園是否使用除草劑的法門，「如果看見草整株枯萎，便是施灑除草劑，到這樣的果園採果，便得特別當心。」

果園水庫設在園區最高處，架構觀景台美化。雨天時，多餘的水流往下方蓄水池，經過濾處理，以馬達抽送到水庫。天旱需水灌溉，一開水龍頭，即可運用重力原理，自行噴灑灌溉，不花電力。園區遍植日日春、竹節草、百喜草、馬櫻丹、鳳凰竹等，草，居然是果園的朋友。我俯瞰百喜草。這樣的一株草，當它醒在悠然有機果園，也醒在天地和諧的環境中。

孩子，那短暫的幾小時，是我們與天地、與果樹、與草的新認識，當你一眼認出「小白」，一隻萍水相逢的狗，並感到雀躍、驚喜，我才意識到，有些細碎的、以為不復記憶的旅程，極有可能被你重新發現與定義，也許我該在明天問你，「不知小白現在可好，仍穿著牠的花布衫嗎？」

註：「百喜草」常用於工程邊坡的水土保持，以及坡地果園的土壤維護。因根系旺盛，老根乾枯留下的空間，可增加土壤孔隙度，增益土壤的有機質含量，並因覆蓋地表，減輕雨水淋洗，降低養分的流失，減少肥料的浪費。

我的童年是一部勞動史

關係的建立需要不停的學習，
天與地沒有遠離，
只要望著、站著，孩子，
我們就開始一個故事的流動。

記得你曾經把我們一家三口，說成「我們家族」。我想了很久，發覺當人的住宅，失去了天、沒有了地，再加上缺乏適當的親情串聯，孩子，很可能每一戶宅院，都是一座城堡。我們把自己填得很深、很牢，沒有護城河、沒有荷槍士兵，但都像宮闈。

孩子，稱謂是我們與人間、世界建立關係的開始，當你還在襁褓，我逗弄你的下巴，搬弄些能夠輕易發出聲響的鈴鐺、搖鈴等玩具，我發現，聲音是嬰兒最初的、與外界的探索。幾週大的嬰兒看待外物都模糊、都細碎，所以我們一遍遍教你說「爸爸、媽媽、爺爺、奶奶」。已經忘記，你最早發出哪一種稱謂，但肯定不會是「阿伯」。甚至搭車幾分鐘，到最近的爺爺、奶奶家，你待不到十分鐘，就喊說，「回家、回家，我要回家……」

必須哄你、加上威脅利誘，以及好幾回的春節、母親節、清明節、端午節、中秋節等家人聚會，你才漸漸把阿伯、阿嬸、叔叔、堂兄弟、姑姑、姑丈等，納進「家族」體系。人的裏頭，住了更多人，且永遠不會住滿。你很訝異地發現，爺爺、奶奶，辛苦育養六個孩子，一家三口只是因應現代化社會，不得不的家庭結構。好幾次問你，「要個弟弟或妹妹嗎？」你都搖頭。如果你多個手足，你就會當起「大哥」，那勢必改變你的性格，增加你的承擔，猶如我的大哥、你的阿伯。

孩子，我跟阿伯的童年與你完全不同，時間像清道夫，把我們趕進了二十一世紀，以及新的環境。我們的童年很勞動，尤其長子、長女，開始走路，就得照顧學走的，以及學爬的弟弟、妹妹。阿伯，在你認識他的時候，已是中年微福，我來跟你說，阿伯扼要的勞動史。沒有要時光回頭的意思，而要說一個家族的故事，當然大於你所說的，「我們家族」。

大哥常與露水比早。那個留五分頭的少年，經常是朝陽一出來，露水就消散了。在晨間，我若揹書包上學，經過海邊低矮的相思林，它的枝椏常橫在路邊，高一點的，腿邊劃過葉尖，矮一點的，胳臂掃過露水，都一陣涼。若扛鋤頭或鐮子，我是經過通往田裏的芒草小徑，它們垂啊垂，是身上的綠太綠，還是露水太沉了？

默默的，經常也是驀驀，一方火紅出現了，露水逃往西邊。

露水，珠結於天濛濛亮以前。我仍藏躲被窩，追趕著一個又一個的夢。不知道大哥以什麼為鬧鐘，能在天亮前，弄柴火、溫熱了豬飼料，扛上屋後的豬寮，給豬隻一頓飽飯？大哥餵雞鴨，包括一窩剛孵出的小雞。牠們一起擠近籠子前，啄食麥麩色的飼料，逗趣的大頭點啊點地，上邊一盞燭光打映下來，金黃色羽毛被映得金黃。這是我認識的，關於「溫柔」的第一個印象。孩子，我喜歡孵雞蛋、養小雞的畫面，雞隻不會是寵物，但我呵護牠們，猶如你老是勸我、慫恿我，養一隻或兩隻貓，我說，「你呀，就是我的寵物了。」我總沒答應，一是家裏雜物多，照顧不便；二是想待你長大，負起照養的責任，而不是一時起念，只負責「寵」。

已經中年發福的阿伯也會哭鬧喔。一個難忘情節是，大我五歲的少年，因一口牙疼，掙扎、翻滾，如一尾被捕上岸的魚，賴在床上打滾。幾乎就跟魚一樣，彈著彈著。只是魚不哭，或者牠哭泣時沒被發現，但是大哥哭得兇。捧著腮幫子，邊哭邊抽搐，沒有人挨近幫助他。約莫牙疼就這般，小、細，但也尖。只我在旁，默默看著，也捧著自己的腮幫子，努力把牙疼情節，塞進牙縫裏。

大哥是厲害的，雖然他也哭泣。農村營養差，他發育慢，十歲左右，約莫百來公分高，再往上掙兩年，他國中了，身高沒長幾吋。但是他知道怎麼扛犁、駕牛，在父親遠洋捕魚時，代了父職，幫忙耕田。犁，到他下巴了，牛是他好幾倍大，但當時與現在，我回想起來，覺得那是一個小巨人，在犁田。大哥持犁，走在牛隻的後頭，土是紅色的、天很清藍，我或正播種，或者只是看著，看大哥怎麼犁了這頭，回了這頭。

大哥國中畢業到台灣上班。當時沒人理會「童工」這回事，滿滿的加工廠、車床間，都是少年，以及更小的少年。大哥不在，該我犁田了，我試了試，犁不動、牛不動、地也不動。這才知道大哥了得。

孩子，記得大前年，我帶你回金門老家，撞見堂哥在廟口草坪，為一頭八個月的小牛綁一條厚重的石樁。問他為什麼呢？堂哥說，教牛怎麼耕田。以為牛耕田天經地義，難道牛耕田，也得「上課」的，需要老師——每一個莊稼漢，一遍又一遍地教，而且是上一對一的「私塾班」？牛用來移動土夯的頸脖，未必知道怎麼使力，所以必須教導一條牛，關於犁、關於大地的重量。牛上課的時候，我也在課堂上，獸與人，各有各的課程。不遠前，小牛的母親專心瞧著。我很想知道母牛在這個當下，想著什麼？

大哥已是兩個大學生的父親，我還記得的一個故事是別人轉述的。父親帶大哥到地瓜田，土犁開了之後，蟲翻了出來。蟲體慘白、肥，還蠕動。大哥一路哭回家，嚷著說，爸爸要讓他撿田裏的蟲，「我怕死了！」

孩子，我們家族漸漸擴大了。你小時候經常畏生，「來，喊阿姨、喊姑婆、姨丈、姑丈……」你要嘛害羞閃避，要嘛把那些稱謂含在口中。你雖已經可以言語，但那個情景，宛如你仍在襁褓，得一遍一遍教你說，「爸爸、媽媽……」

關係的建立需要不停的學習，家族，一個距離漸漸拉遠關係的家族已是如此，何況其他的社會關係？

天與地沒有遠離，只要望著、站著，孩子，我們就開始一個故事的流動。

喊著賣油條的老劉士官長

深河常常沉默，
因為悲傷太深。
孩子，且讓我悲傷一回，
一個父親如我，
也有他的揹不動與扛不動……

大導演馬丁・史柯西斯，改編遠藤周作小說《沉默》的電影，入列美國電影學會、國家評論協會，二〇一六年十大年度電影。《沉默》跟李安的《少年PI的奇幻漂流》，都曾在台灣取景，不同的是，《沉默》的翻譯者林水福，是我多年的好友。他擔任中國青年寫作協會理事長時，曾舉辦參訪，遊歷花東。

關於時間紀事，我不擅記憶，如臨鏡蒙霧，抹淨第一面還有第二面。我羨慕善記者，什麼時候吃到人生第一支棉花糖、膝蓋的割傷以及虎口的疙瘩，都能一一述說。孩子，時間的雕刻分秒不休，像水與立霧溪、是風與野柳女王頭，但當它們沖積成現在的我，我卻無法歷歷細數，但我為你清楚記下，花東參訪是在一九九八年三月，你是遊覽車上唯一的小孩；還不只是「小」，你不會翻身、不會說話，前輩作家看到你，紛紛驚呼，「這麼大的眼睛，」繼而又說，「才三個月大，就帶出旅行？」

孩子，當時你「新」、我也「新」。你當了三個月我的孩子、我當了三個月你的父親；人子、人父，不正是一種臨鏡？

因為《沉默》這部小說、電影，林水福教授常在臉書PO文。很妙，這事完全不關林水福，但我總把你三個月大的模樣，跟林水福掛勾了，畢竟那是你的人生初旅，一離家，就幾百里。

林水福也翻譯遠藤周作的《深河》。有一年，金門辦理「八二三」悼念活動，參與戰役的老兵應邀往太武山公墓，向士官兵誌哀，報紙上的照片肅穆哀戚。遠藤周作多次探討戰爭，死去同袍每天都在活著的人心中，再一次死去；戰場上，沒有偉大的民族大義、國仇家恨，有的，是相隨且依賴的夥伴。老兵，以及更老的老兵，他們站一起，是排列，又是累積；是活著，又是死亡。他們凝視墓園，相隨依賴的年輕夥伴成為一塊塊墓碑，他們躺在那裏，是一種沉默，卻由人間代替他們喧嘩，代替他們悲傷、哭泣。

太武山公墓我們是熟悉的，不是熟悉墓碑上的名字，而是往前、往上，就是太武山，金門最高的山，蔣介石親提「毋忘在莒」勒石就在上頭。你那一回，是熱到或吃壞肚子，我為你帶藥上山、揹你上山，還以「毋忘在莒」為證，哄你吃又苦又澀的藥粉。那一回叔叔一家同行，堂妹也在場，不過你還小，且自以為小，在堂妹面前哭鬧，都非常合理。大家擔心，又忍不住偷笑，孩子，悲傷與欣喜，未必都是對立了。

那一年的「八二三」有更多懷念。當晚，三姊驅車返家，轉到中廣「人來瘋」節目，主持人是黎明柔，忽然聽到有人提金門。她想，這個人還真了解金門，連她不知道的古寧頭「相擲」、「溺女嬰」陋習、日本占領等事情，他都知道。三姊聽著，越覺得聲音熟悉，打電話找我，你接了電話告訴姑姑，「爸爸不在。他說今天到中廣，上電台節目。」

主持人功課做得足，把出版社寄給她的小說翻了幾回。小說裏，有廈門人到金門、金門人到廈門，都因為打仗而回不了家。黎的爺爺是將軍，不知道是否駐守過金門？後來得知，作家蔡詩萍、張讓，父親都是軍人，隨部隊駐防，短暫居住金門。演員馬如龍則因機警偵查，獲頒勳章。又隔幾天，《國語日報》湯芝萱帶年輕記者來訪，也談金門。孩子，我這一次也談一個回不了家的人。

返昔果山老家，我多次指著倒榻矮房說，「士官長老劉，就住這裏頭。」矮房狹長，小客廳、小床鋪、小廚房與廁所，我年幼時，覺得這般的小也不算小，扁擔、雨衣、斗笠堆積，又顯得大。而今屋漏牆破，前門、後門一眼望穿，就像我回頭看時間，有很多的洞，有著更多的空。

老劉常在窮冬，提籃子，上頭蓋條白棉布，沿村落數得出的幾條道路，高喊「油條喔，賣油條喔」。老劉掀開白棉布，熱氣散、香味飄，炸得金黃酥軟的油條堆疊排列，這大約就是幸福最初的長相。老劉因為戰爭流徙，無意中定居金門，異鄉成故鄉。看見他時，我學其他小朋友鬧著喊「賣油條喔」。孩子，我當時的嬉鬧與不知憐憫，回過身來螫我，多次問及他身世，爸、媽驚訝，「你記得老劉啊？沒有人知道他住大陸哪裏、又葬在何處？」

問到後來，他真姓「劉」嗎？還是「林」、還是少見的姓氏「留」？無人確切知曉。老劉像是我戰場上罹難的夥伴，我為他杜撰許多故事。他能識字嗎？我不知道，但我想像他在相思樹下，為村民寫信給到台灣打拚的遊子。老劉為別人寫信，但不為自己寫，被戰爭隔絕，與親人如同陰陽兩隔。我在某篇小說安排老劉收養孤兒院的幼童。幼童疑是軍官與民女私通，或者軍妓子嗣，無力教養而扔棄。

真實生活中的老劉未曾婚娶，也無後代。我安排幼童當他孩子，一起住在村頭的入口處，挨著理髮廳旁搭建的小矮房。幼童不久之後改姓劉，可以天天吃黃酥酥的油條。小劉學會炸油條、擀麵條、滷牛肉，可以開一家麵攤，在金門還有十來萬大軍駐守的時代，做起士官兵生意，因此有些積蓄，得以奉養老劉……。當然，老劉在民國七十來年間過世，身邊並沒有小劉陪伴。我只是想像一個故事，讓老劉在故事中得以圓滿。

老劉與小劉，也是一種臨鏡，霧也非常大，抹淨第一面還有第二面。孩子，戰爭看似遠了，但真的遠離了嗎？用血淚寫的歷史，不就是最好的鏡子？遠藤周作寫了他的《沉默》、《深河》，但是，深河常常沉默，因為悲傷太深，死亡又經常太靜。

孩子，且讓我悲傷一回，一個父親如我，也有他的揹不動與扛不動……

據我所知，老劉並沒有葬在太武山公墓，八月二十三日，老兵向戰死的同袍致敬，老劉在他的墓地，並沒有等到曾經相隨，且彼此依賴的夥伴。

輯三——長大的童話

我們該當個雙向的俄羅斯娃娃，
勇敢堅毅，同時果決回歸；
大與小，最該放在一個天平；
比如，攤開為你典藏的國小衣裳，
看看它，是否成為你永遠的制服。

到九份吃芋頭、逛不老的老街

孩子，你會有自己的九份記憶，
當時光之河往前走，
我雖然沒有跟上，
但都在你的時光隊伍中，
或遠或近地，看你把河流，
走成了流域。

孩子，你要跟同學到九份。這尋常事，聽起來無比驚奇。九份沿山勢而建，每一吋土地，都擠壓到極限。房屋非常老態，風化的外牆，有時鋼筋粗魯裸露，遠看，九份不美，腹地小，乏新地可蓋，但它卻擁擠成一座祕境，大陸、日本、外國遊客爭相尋訪。到九份並不奇怪，而是這一回，你是自己去。孩子，在你的時光隊伍中，有人加入、有人離去，唯有你在，你是自己的河流。

有一年冬天，鄭姓高中同學邀我共遊，原該暢行東北海岸，不料風大霧起，整個山頭茫茫不見，芒草花田更隱然升天。我們臨時起意，深入山，深入三十年前，一群高中小夥子，非常豪勇，揹營帳、扛鍋具，利用清明節假期，健行北勢溪。夜宿闊瀨國小，校工說，「國小學生少，學校就要關閉了。」那些個往事，都在時光之河跳動；非常不安、非常雀躍。

孩子，我也是自己的河流。出發時，好幾回，你奶奶擋在門外。不是不想讓我長大，而是不放心。再訪北勢溪，我們都半百上下，再沒有什麼事情，讓父母不放心的了。「放心」，還得放進歲月中，給時間慢慢催熟。

雖住台北，不常到九份。第一次去時，電影《悲情城市》還沒上映。九份少了電影的加持，路彎、屋斜、樹少，時值窮冬，東北冷鋒颳掃九份山頭，顯得房屋更險。站在陡坡，每一口呼出的氣息都蒼白、顫抖。七〇年代，台灣社區營造還沒點火，一切都向前看、都往新裏鑽，關於古蹟與歷史，都衰頽瀰漫。

帶你同行時，九份已經改頭換面，到老街走一趟電影場景，很時尚；買芋粿、蝦餅、拔絲地瓜跟芋頭，在擁擠之中咀嚼美味，很快活。下午再進咖啡廳，與遠山、浮雲一起沉澱，這就是遊客的，九份的一天。孩子，第一次帶你去，我們不只是一天，而三天兩夜。訂房時，民宿老闆以為聽錯了，再三確定。她說，旅客都住一天的多。兩天一夜，逛老街、走雞籠山，再到黃金博物館遊賞，行程精實飽滿，但就沒了時間，能讓時間真正安靜。我跟老闆娘說，「沒錯，就是兩晚。」只有時間，能讓時間安靜。

之前，家人多次提議遊賞九份，但我對老街、芋圓、民宿等，興致不大。「老街」一物，從九〇年代開始，說是懷舊卻多錢味。淡水、大溪、內灣、金山等，都有老街，都人擠人，攤販連攤販，食物一口接一口。食物是懷舊媒介，但過度依賴了，繞街幾圈，肚子填飽，就該駕車回返，最多再添一兩樣特產，算是老街之旅了。還好我來了，還好我們有三天。

我們搭火車到瑞芳鎮，循對面小巷找到機車行，方式克難，卻可大口呼吸、看大塊風景，尤其當遊覽車、轎車、公車，蜿蜒數里動彈不得，機車自在穿越，算是意外之喜。孩子，必須是你還小的時候，才能三人共乘機車。你有時候坐我前面，有時夾在我跟妻子之間，這樣的共乘時光，不會再來。老闆娘接待時，又問，「住兩晚啊，如果無聊，可以去基隆。」她還是覺得住兩晚，是浪費了。假日的收費比平日貴五成，生意著實好，經過大廳許多回，都聽著老闆娘輕聲說，「對不起，今天、明天，都客滿。」

都客滿了。住兩晚，跟兩批旅客錯身，多的是情侶與全家福。車流到晚上十一、二點才緩和，還九份一片清朗，早晨七、八點，車潮再次來。這時九份的靜，只得往山路裏找，像是茶壺山。

茶壺山是九份的地標之一，標高五、六百公尺，且有山路直抵入山口，難度不高，老人、小孩還有狗都一起來了。茶壺山最末一段，路便崎嶇了，得依賴繩索助走。到峰頂時，可穿山洞而上，或爬外邊的繩索。我走繩索，妻跟孩子過山洞，會合峰頂。

孩子，你的九份一日遊，該到不了茶壺山；記得那一回登頂，我跟你說，「在這兒用餐，特別吧？」你歡笑點頭。「在山頂玩牌呢？」你眼睛一亮。我們或站或坐，玩牌，得小心急風，掃走牌子。山巒稜線似有人影走動，問妻，難道那兒有路？過許久，一夥人從另一邊登上茶壺山頂，他們說從牡丹來的，踩過一座一座稜線。下午，騎車到九份、雙溪交界，休憩時，正見多條指標矗立，標示各種步道的入口。那些路，沿著稜線走，一峰一峰，與無垠接壤。那些路，也都是河流。

不知步道何時整建的？它們整建時，我已過了愛走、愛爬的年紀，愛飯店不喜露營，喜歡搭車不樂跋涉，歲月恍惚、匆匆，望著山巒峰連，而那兒，沒有我的足跡。記得高中時，曾跟自己說，要走完每一條步道。當時，北橫、中橫、南橫、溪阿縱走（溪頭到阿里山）等，都非常知名，而今步道縱橫交錯，以為已經走盡，其實走不盡。

孩子，那些路也不是你能走盡的，而就算是同一條路，十年前走、兩年後走，都不一樣了。記得你偏愛老街一家麵攤，因為開店歷史久，我們稱它「老麵店」。除了湯頭，就是麵條嚼勁，禁不住在第三次光顧時，問年輕的老闆，「沒有什麼訣竅，只是擀麵時，多擀幾下。」麵要好吃，擀麵時使力氣，更使了心力。

我看看了時間，寫訊息給你，你就要出發了，踏往曾經與我共遊的九份。我想著那個下午，我牽你的手一起挨進老街，左右的店招非常顏色，物品爭奇鬥豔，孩子，我喜歡烤香腸、蒸臭豆腐跟煮芋頭湯圓的氣味，當它們擠一起，常讓我想到節慶。人生中，或有很多次一個人的旅行，卻很少一個人的節慶。我們找一間高處的咖啡店，登高，看九份的擠跟空。服務生帶領幾名日本觀光客上樓，她們見著店裏擺設跟風景，驚呼「卡哇伊」。

孩子，你與同學會有自己的九份記憶，當時光之河往前走，我雖然沒有跟上，但都在你的時光隊伍中，或遠或近地，看你把河流，走成了流域。

很遠與很近，探問人生兩種方向

有些人的成長必須遷徙，
又有些人靜成一座山，紛擾不能移。
孩子，我不知道哪一種方式是
你的「大學之道」，
或者「學大之道」，但你自有秉性，
在生活事事裏，長成你自己。

溪頭成為我的嚮往之地，是因為裏邊的「大學池」。該池隸屬台灣大學而得名。池不大，僅僅半畝，一座弧形竹橋，跨池而立，樹林深，倒影很靜。早年，升大學猶如登蜀道，走一趟，看池裏倒影，未竟的學分、還沒親吻的女生，都在凝眸裏上演一回，聊補遺憾。

孩子，那年頭，「大學」兩個字必須倒過來解：「學大」。大學不是就業先修班，而是訓練學生詮釋自己與社會，以及彼此搭橋，走寬廣的路。兩岸交換留學已實施好些年，我到大學演講，陸生總坐在前兩排，且占去十之八、九的發問時間。面對同文同種的大陸同學，你是否覺得他們在小小年紀，已把人生看得很深？我知道你討厭說教，那麼回到溪頭。我們的溪頭。

喜歡溪頭，喜歡山，是因為故鄉沒有大塊山林，可供雲霧變化。金門野林四溢，多抓蟬的野趣，少了大塊山河。這不是長他人志氣，只能說一方水土，成就一方風景。

三十年前初訪溪頭，多年來間斷上山，未曾稍歇。每到溪頭，一樹一景清晰若洗。一樣的樹，生深山、長都會，外貌不改，神韻卻差得很遠。下午，雲霧已興，從樹頭緩緩降落，不用再過多久，雲霧將鎖住大學池。那時，霧氣匯聚，山、林一起霧化，我們只能用掠過耳朵的鳥聲、蟬聲，來認識溪頭。飽滿的霧以及它的逗留、它的移動，這是我的偏愛，看一片柔白，與深綠、淺綠，交換訊息。

很多事情都是你的第一次。從台北轉車竹山，再搭客運到溪頭是第一次，也第一次看那麼多的樹、走許久的路。竹山車站荒蕪多時，小蚊子猖獗，手臂滿是叮包，所搭的巴士竟是台北市汰換下的公車。司機下車加油，門卻自動關上了，我們與十來名乘客在車內納悶乾等，司機在車外焦急打手機求救。我打開一扇沒被釘死的窗戶，讓司機爬上車，你當時都看傻了眼。很多情節埋伏旅途裏，未必事事如意，但我們有沒有能力，編寫為人生故事？

我們挑樓房入住，而不是小木屋。「你忘記了嗎？上回住金山小木屋，夜裏打了四隻蟑螂，隻隻肥大。」我解釋緣由。蟑螂就會避開樓房嗎？誰有把握？

躺在床上，不禁想到入睡後，蟑螂是否鬼祟溜出，盯著我們的夢？梅竹樓乾淨整齊，共一個客廳與三個房間。服務員說，隔壁住了一位醫師，直到你入睡，仍不見蹤影。幾乎睡著時，大門哎呀一聲，「是陳醫師嗎？」我納悶。闖入者在客廳窸窣窸窣，半夜聽起來，非常孤獨，又像一種邀請。

果然是陳醫師，夜遊溪頭深夜歸。個頭不高，戴眼鏡，閒聊時，老是說自己老花眼，看不見了。這樣能看仔細病人的牙病嗎？服務員隔天說，陳醫師主治牙科，自己的牙齒卻汙黃不堪，他每見一次便嘲笑一回，終於讓他乖乖洗牙去。陳醫師每週四，外宿溪頭，他提到納莉風災，被困溪頭活動中心，巨大水流從屋外嘩啦啦過，山勢陡峭助長水威，轟隆隆地，十分嚇人。斷糧斷水，多數飯店在第二天就下逐客令，活動中心以辦桌式的豐盛菜色，款待滯留的遊客。那好吃的幾頓飯讓他畢生難忘。陳醫師必享用過不少美食，餐飯真正的好吃，還在於活動中心以溫暖包覆天災，忘了自己是更苦的受災者。

關於滋味，是有氣候的。很餓時，饅頭就是美味；再也吃不下，烤鴨、嫩羊排都是負擔。人生怎麼嘗、人事怎麼問，往外探索時，更要時刻問自己。陳醫師在那一晚，幫我們探索人生的兩個方向。陳醫師自願「下放」竹山，從都市回歸小鎮。他受不了台北的空氣跟擁擠，一上山，眼睛跟鼻子都醒了，他造訪溪頭幾百次，卻不曾搭飛機、出過國。不僅是他。陳醫師補充，「有個台北女生，每次來，都住上一週。」在你的成長歷程，必定有同學不斷地跟你「比遠」，到過日本、新疆，去過羅浮宮、時代廣場，似乎遠途跋涉，身高也會長高了。

有回到南京交流，一位作家年度例行旅程，是獨自或與一位好友，開車上西藏。目的清楚，過程無從預料，每一趟旅程都是人生一種。陳醫師哪裏都不去，只是徹底地愛上山。很遠的，以及很近的每一天，都不一樣。孩子，我們走得再遠，都得回到心裏邊，樂於學習與發問的大陸學生，豈是到了台灣才勇於坐到第一排？他們迎上前來，就是人生姿態。

大學池、草坪區、空中走廊是遊客焦點，我們隔天上午出發，陳醫師早已遁入深山。你挑食，吃了幾片餅乾就要走，那些個山路、棧道，是一走就得走盡，不容回頭。我知道你會賴著我，當體力不支，要我揹、要我抱。身為人父，你的撒嬌是我的享受，但有一天，你得學著成長，未必得進大學裏長大，而得在生活事事裏，長成你自己。

非假日，遊客仍絡繹不絕。步道裏林相素雅，露珠樹梢掛，陽光穿過，一閃一閃地，是陽光在說話著。溪頭除了樹林還是樹林，它美在晴天時話語串串，以及大霧忽起，人間剎那蒼茫；晴與陰，都是人間好臉色。

納莉風災改了許多河道，沿溪步道已經沒有水聲了，蓊鬱的林間反倒流水淙淙。轉彎處，景色忽開，微露遠山。你揉了揉眼，鄭重問我，「爸爸，你知道我為什麼要揉眼睛嗎？因為我不知道是山在動，還是雲在動。」

這是童語，還是禪語？或許是寓言。有些人的成長必須遷徙，又有些人靜成一座山，紛擾不能移。孩子，我不知道哪一種方式是你的「大學之道」，或者「學大之道」，但你自有秉性，就像你在溪頭的所見。

有一種夢，是自己說了算

孩子，一個夢做到極致，
宛如千山獨行。夢在山上或者道路旁，
當孤獨前進且勇敢實踐，要的都是勇氣。
你的夢需要夥伴嗎？
你的孤獨需要陪伴嗎？

雙肩背包、棒球帽，單眼相機掛在胸；孩子，這是你找夢的裝備。那肇因於岳父載你，東、西城來回跋涉，一會是住家、一會兒岳父家，在你學會喊爸爸、外公等稱謂，你最感興趣的，是辨識賓士、福特與豐田，在車子行進間，一一喊著它們。一條街、一段路，除了速度就是速度；速度是什麼？那是車與車、車與路，在旅程中的關係；它們跑了過去了，又像是累積，你開始迷上拍攝汽車，尤其是公車。

為了清楚拍下公車LED燈號誌，你學會掌握快門訣竅，以及很暗的黃昏，怎麼放大曝光值，讓車子進入你的鏡頭，直行以及迴轉，都能夠一一掌握。爺爺問你出外做什麼，我笑著說，「去拍公車啦……」我感到懊惱。關於夢，都不該戲謔，尤其我曾陪伴你，苦守路口，等候公車在特定時刻經過圓環：車子彎轉的弧度、陰或晴，它是單獨經過了，還是與其他車輛並行？很早以前，我趕搭清晨六點半公車也有類似動機，不為車，而為了在前幾個站上車的女孩。她站車門旁或車廂後，都是一種重要，攸關我該怎麼站，能瞄向她、又可以妥善偽裝。

以人，做為夢或理想，似乎都會指向渙散，這是我喜歡山的原因嗎？「我呀，最希望每一年爬一座百岳，直到爬不動為止……」那一年帶你上合歡山，辛苦掙扎上東峰，我們歇下來，看雲霧變化。山上渙散，還常是潰散，體力的、意志的，以及雲非雲、霧非霧，我拍拍你七歲的肩，「不容易呢，我直到高中畢業才爬上第一座百岳。」

台灣山多，超過三千公尺的山達百餘座，登山客稱之「百岳」。爬山，沒有直達峰頂的迢迢大道，只能彎曲尋幽。七〇年代，高山多有禁忌，登山申請不易，加上山難多、鬼故事頻傳，讓山變遠。奇萊山黑森林傳說尤多，朋友拍桌說，「看著穿黃雨衣的登山客走在前頭，一眨眼，人卻不見了。」朋友看左看右，本欲找人，卻看見樹林裏頭有條高速公路，特斯拉、裕隆、日產等，剛剛開了過去。他的指證歷歷，都指出山不只是山。它不用變幻輪廓，不須改變路徑，只需要一丁點動搖。

高中畢業那年，我健行南部橫貫公路，意外登爬百岳。一行三人通過啞口隧道，旁邊一塊立牌，標示前往「關山嶺」，不過幾里路。背包擱放隧道邊，循山路而去，已是下午四點，沒帶水、沒帶燈，估計在山上，夜來得慢，花不了一個小時，即可來回。一個小時後，山頂遙遙在前，直到六點才抵達。

當時，群山如爐，夕陽如炭，風微微，慢慢溫燉，群山萬壁都被煨紅，再一起催熟山坳上的雲。雲，高低相疊、前後參差，橫亙數十里，一齊鼓譟。夕陽跟山壁的反光，一同照耀，傍晚風起，我才得知雲何以成海。群山遼闊，我們獨立，世界不在腳下，而在頂上盤旋，越高越遠，最後成為空曠；一種抽離時間存在的空曠。孩子，夢在山上或者道路旁，當孤獨前進且勇敢實踐，原來都是勇氣，我不再調侃你的拍攝夢，雖然我無法了解公車，營造了哪一款風景，就像父母不解，我何以扛重、忍髒，走向許多座山。

二〇〇三年秋末，我應官方單位邀請，登爬台灣第一高峰玉山，才警覺到險登關山嶺，已有二十個年頭。高山危險多，故而舉辦說明會，山，被形容得儀態萬千，被說得鬼影幢幢。登山設備翻新，布料可防水又可透氣，登山鞋鑲有「黃金大底」，彷如武林祕笈；雨衣、背包、頭燈、登山杖以及鍋爐，都標榜輕薄耐用。我慣用的汽化爐早已淘汰，登山，除了氣力，還有翻新的科技當武器，如同你拍公車，以手機當武器，已不敷使用。你對拍攝的紀錄越發嚴格，你拍攝的點也越偏僻，一個夢做到極致，宛如千山獨行。我沒跟自己守信攀爬百岳，是因為爬山需要夥伴。孩子，你的夢需要夥伴嗎？你的孤獨需要陪伴嗎？

每個人愛上山的原因都不同，嚮導阿章本專事美術，是職業厭倦了？是山，早成為人生的埋伏？他無法安坐於室，變賣家產，添購休旅車，身兼司機與嚮導。任職銀行的朋友，登山時間不長，體力亦差，像慢速但不熄火的老爺車。同登嘉明湖時，我多次超越她，見她喘大氣、移重步，慢慢跟進。她對山的執著、耽愛，讓她在短短幾年間，爬了百岳十餘座。

山，包容形色不同的人。有次到登山用品店選購鞋襪，老闆蹲到我身旁，整理凌亂的櫃子，埋怨著前一刻來了兩個客人，亂翻亂攪，他柔言規勸，揀選後請歸回原位，來客衝口說，「我們是黑道的，你是要怎麼樣？」「兄弟」向山去，山不會拒絕，「兄弟」上山去，對山懷著什麼夢？我深信，對他們的急躁、無禮，山，是拿得出辦法的。孩子，陪你拍完車子，我鄭重囑咐你，拍照時得把路踩實了，這一輛車與那一輛，都是人在開，要提防哪，越偏僻的夢，理解的人越少。

嘉明湖是我最新攀登的百岳，它被稱做「天使的眼淚」，是山友必探的美景。我們吃番茄留下蒂、啃蘋果留下核，有機物在高山不容易分解，得帶下山。刷牙不用牙膏，而用鹽巴，山友說他爬歐洲高山，排泄物都得自己揹走。「知」比「行」容易，嘉明湖避難山屋旁，垃圾袋紛飛，山路中，寶特瓶有藏在草叢中、有直接扔在路上的，「爸爸，你有撿走寶特瓶嗎？」我搖頭。扛沉沉的背包走山路，我已無力再肩負什麼了，寶特瓶被一個一個扔下，孩子，很多人誤以為，那些遺棄就是尋夢的代價；那是山的暗洞，不也是人心的陷落？

嘉明湖之旅，我上山、下山，都走在前頭。前後了無人跡，只有山路通往更高的山、邁向更遠的雲。我每到彎口，便雀躍張望，好奇哪一款風景迎在前面？登高山，卻得走小路，迎看大塊風景，還得山路蜿蜒。

忽想到，我已是這樣的一個人了啊；再又想，我會變成什麼樣的人？我喜歡蜿蜒以後，跟自己、跟風景見。孩子，必有一種不懂，在車子開進你的鏡頭前，你們飛快地交換訊息，像我們坐臥合歡東峰，雲非雲、霧非霧，有一種歡喜踏了出去；它呀，無比無比遼闊。

未來得多長一張嘴

一個翻身，你長大了，
語意飽滿地說，要尋自己的太陽，
這時候你該停下聆聽，
每一句父母的嘮叨，都希望，
能帶給你「光」。要知道，
未來以及它的未來，都有地心引力，
真是很煩、很重。

孩子，我不久前到淡水某學校演講，回來後，心頭密沉。淡水的天很藍、陽光很好，壓沉我心頭的，是教室裏不知道未來何在的學生。與你幾乎一樣大的一群孩子哪，坐在教室裏，心都迷惘著。我很感到痛心。

關於未來，我們常常聊起，尤其在該寧靜、但卻不平靜的夜裏，我與你的母親嗆聲爭論。你是議題的核心，顯得不很關心，必須等到炮火對準，你抬頭，疲憊地說生命很累啊，又低頭滑手機，交換人際與電玩等頁面。又必須，話鋒再度對焦你，你惱怒，甩門，關自己在房內。但能關自己多久呢？賭氣，把自己關起來，誰都會，但更要學會開門，好好看看這世界，變成什麼樣子了。

你關著的房門，讓我想起蛋殼。小時候住鄉下，常看到小雞啄開蛋殼出生，半跳、半啄跑出來。小雞跟隨母雞的畫面常常可見，母雞也保護牠的雞囝，不被老鷹與貓捕抓，一旦小雞長大，隊伍就散了。我常好奇長大後，母雞母子，可還識得彼此？

父母對於子嗣的記憶，非常沾黏。出生時柔弱哭喊，以及叛逆的咆哮，很難相信是出於同一張嘴；而當人家父母的，總顯得多長一隻嘴。嘮叨、嘮叨，彷彿是母者的繼承。尤其當聽聞外婆叨念你的母親時，你該明白，孩子永遠是孩子。

當你身軀還小時，就寢前，常陪你逑說今天發生的事情，以及我的生命歷程。我說過的，因為高中沒有考好，就讀南港高工，差點當了「黑手」。七〇年代，台灣經濟起飛，不少市街小巷，搬進電鑽、車床等輕重型加工設備，三重鐵工廠多，尤為代表。「黑手」手雖黑，其實很紅。每一條巷弄猶如進駐一個樂團，可惜高音、低音從不合拍，你敲、我搥，節奏從不搭調。

高中暑假打工，翻閱報紙找機會，車床、電焊、氣焊等工作，比比皆是。我與同學在鐵工廠打工。到廠外搬運長近公尺、寬十來公分的鐵片，置電鑽機下，按老闆要求，鑽數個或十數個不等的洞。我始終弄不明白，加工後的鐵片成為三和路上某戶人家的鐵窗，或再經電鍍處理，成為加州的船塢？

廠房內，鐵片尺寸不一，風扇轉、電鑽轉，電台廣播中，主持人誇讚海鞭丸藥效神奇，難得播放鄧麗君或劉文正的歌。我開電源，壓握桿，電鑽快轉，鑽入鐵片，捲捲鐵絲飛竄。我經常擔心，鐵如此硬，電鑽也這麼堅持，硬與硬碰，電鑽會不會折斷，跳上來，插中我腦殼、戳傷我眼窩？我鑽得心虛，壓桿的力道減輕，電鑽跟鐵，咭咭磨礪，彷彿厲鬼喊叫。

孩子，你的使性子，不就是一種「硬」？但那是真正的剛硬嗎？你要當一把電鑽，還是等著被鑽孔的鐵？

廠房外，日頭炎熱，我鑽到一個定量，便得搬鐵片到外頭擱置。這樣的工作內容，叫做社會底層，你可做得來？沒有學問當基石的未來，將會滿是汗水，你若做得來，也會讓我心疼。

午餐時刻到了，伙食提進廠房，老闆不著上衣，肥壯的肩背曬得油亮，持碗盛飯夾菜，坐在堆高的鐵片上，喊說別客氣，吃飯。飯菜邊，還一鍋綠豆湯。鑽孔、搬運等噪音忽然止息，主持人賣膏藥的嗓音也來得輕緩，我大口吃飯配菜，很喜歡這款草莽的藍領氣味，覺得這是人生中的一種滿足。

下午，以及下一個上午跟下午，我繼續搬、繼續鑽，時而六孔、時而八個洞，鐵片做什麼用途，我不知道，老闆說鑽就對了，別問這麼多。暑假，匆匆過去了。我並沒有做滿一整個暑假，記得是七天，沒錯，就是七天，我這一生唯一的鐵工生活。

彷彿上帝七天造人，我用了七天，知道自己不是這塊料。你問，爺爺奶奶期許我以後做「黑手」嗎？他們不願意，但無能為力。他們不識字，力氣再多，只能挑磚頭、和水泥，連多長一張嘴的能力都沒有；關於未來的嘮叨，沒有智識這把刀，還真是無法多說什麼。我感謝父母的「無能為力」，他們說不出什麼可能的未來，我不像就讀醫學系或法學院的高材生，儘管智商夠高，始終高不過父母的歷練，他們的路，常常是被畫好了的。

我期許自己當「無能為力」的父母，而你，就當小雞吧，在能夠獨立時，離隊而去。你知道，一隻小雞的命運，是吃食、長大，然後被屠宰。你也知道卡通《神奇寶貝》，動物們都在刺激下，進化，擁有更多武器。所以當人父母，最希望子女磨練出氣度、視野以及專長。孩子，你不需走上父母給你的路，但你要摸索，找自己方向，然後扛起自己的選擇。

你知道有一個朋友，走向父母安排的就業之路，他的這一生都在抱怨、都在後悔，但只要跟他說，「選擇你要走的路吧！」面對選擇，他卻步。孩子，面對未來，要進一小步都如同登陸月球，都是自己的創世紀。

未來哪，真是很煩、很重。常常是說時遲、那時快。如同你的體魄，匆匆地，自己占了一張床。我再不能與你擠一張床。當時，我是你的星斗、你的方向，但你一個翻身，長大了，你語意飽滿地說，要尋自己的太陽，我當然說好啊好啊，要記得，帶著影子一起跑。

要知道，未來以及它的未來，都有質感、都有地心引力，它們常常是孤獨摸索以後的真相；孩子啊，這時候你該停下聆聽，每一句父母的嘮叨，都希望，能帶給你「光」。

當我哞哞時，你能給我一把草

孩子，在你的襁褓時，我盯看你，
是注視著了、是眼睛對上眼睛了，
但我常常不在你的視線中。
人哪、事哪，以及各樣的
欲望慢慢裝填以後，
我們的對視不再滑了，薄膜如霧，
太陽打開就散了。

看到動物是一種驚奇，像被發現或者剛剛發明，孩子，你指著田埂上勞動、或林間納涼嚼草的大型哺乳動物，聲勢壯闊地喊，「牛、牛，你們看，有牛呢！」我還跟著你的手勢，情不自禁地，以你的發現為發現，以為你看到了龍或麒麟等祥獸。

我順勢出了幾個考題，「西瓜長在哪裏啊？花生、玉米呢？」這是你的另一個世界了，就像我搞不懂的手機功能，你一上手，按幾個鍵，解決了我整個晚上都搞不定的麻煩。手機是你的朋友，玉米與西瓜都不是，讓你驚呼的「牛」，則像史前遺跡了，一切的家常，慢慢都會不尋常。

我忍不住要傾吐早已走遠的農村經驗，又怕你覺得這事老掉牙了，故意調用一些詭譎，故做感嘆，「哎，我跟牛是有些故事的。」吸引孩童的幾個法門，不外是甜食、遊戲以及故事，最好我塞給你一支棒棒糖，讓你覺得故事不吸引人時，還能含著糖，巴望著下一支，而能乖乖聽我說，我的牛故事。

金門老家務農，放牛是基本作業，放牛地有幾個固定區塊，其中一個就在新蓋的高粱酒廠內。廠外，大型酒瓶矗立，非常標竿地指出酒鄉的所在。廠外的大馬路，以前非常小，沒有車子來，只有我跟牛，在清晨走、在傍晚走。我從屋後的牛舍出發，握著韁繩。路陡，是上坡就慢慢走，是下坡，我放緩韁繩，讓牛跟我一起小跑步。

我尋好草盛處，在泥地上釘入繫著繩子的鐵釘。牛，安詳而悠哉，牠們的眼睛黑而大，水汪汪地。孩子，在你的襁褓時，我盯看你，像看一隻動物。是注視著了、是眼睛對上眼睛了，但我常常不在你的視線中，有一個滑不溜丟的事或物梗著，像新買的遙控器雖然裝了電池，卻塞了張薄膜，阻止電池導電。人哪、事哪，以及各樣的欲望慢慢裝填以後，我們的對視不再滑了，薄膜如霧，太陽打開就散了。

我同時注意到，這樣的彼此透明不過寥寥幾年，你的學習、你的吸收、你的好惡跟個性，你又漸漸地變成一隻動物，或者，我們形成了彼此的動物。好的、好的，讓故事回到牛身上，大人呀，總是不放過可以說教的任何機會。

我常好奇牛是怎麼看待牠們的工作？拖犁，一步一步緩慢犁地，走過一圈又一圈，不知道會在什麼時候結束單調的來返復步。這樣的單調讓我莫名感觸，「一頭牛啊，不知道犁了多少田，不知道自己到底幾歲了。」「單調」讓人生膩，「單調」也生機重重，讓田長出一季又一季的作物。單數與複數，努力地走去，很可能都是一樣的多。

「牛會哭喔……」我提到重點，你挨近我，終於靠近了一個真正的故事。

牛會哭，不是傳說，是我真正看過的事。父親說，「牛老了，該賣。」老牛毛色澄黃，幾個月前剛產下一頭小牛。牠個性溫馴，眉、鼻、下巴的兩側有一道深褐色線條。我不太明白父親跟陌生的大人們談什麼，總能猜出在商議價錢。家裏也養豬，商人來時，豬依然吃、睡，被趕上貨車時哞哞亂叫。我曾認真看過豬的眼，牠們的眼神很淺，淺得讓人一眼看穿，心中陡然一動，喔，這就是豬。牛就不同。我懷疑牠聽得懂人話，大人們商議時，牠烏黑的眼睛噙滿淚水，如漆黑的寶石發散精光。然後，光線流動；然後，淚水流動，澄黃色的臉頰拖曳出兩條長長淚痕。

商人搬來幾條木板，從貨車斗斜放，架成台階。老牛溫順爬上，沉默、安分，彷彿為了這段短短的路，已演練好幾回，不怯場、沒有重來。我無法揣度牠的命運。小牛長得健壯，安靜獃立，像天真無邪的小孩。貨車離開我的視線，也一直留在我的視線中，且越來越長。「我跟牛的故事，還不只是這樣……」事隔多年說老牛，牠爬了上來，牠的淚水轉進我眼眶，我趕緊調換頻道，「入冬，草枯了，牛吃什麼呢？」孩子，滄桑者不單是人，牛也是，但我希望你以後再看到牛，還能驚喜喊著，「牛，你們看，有牛呢！」

入冬以後，牛只能啃短淺的草。我從倉庫，抱出幾綑曬乾的花生梗。花生採收後，梗擱在路邊，曬乾後，再一綑一綑綁好。推開柴門，濃厚草香撲來，花生梗藏著陽光，牛嚼著，像吃著已變為能量的光。我抬一桶清水，牛低頭喝，抬起頭時，尺長的鬍鬚沾滿水珠，陽光映耀下，晶瑩剔透。牛沒有手，不能搔癢，只能甩尾巴趕走老愛往牠身上沾的蒼蠅。繞飛的、煩擾的，都能驅走，固定的、靜默的牛蜱，就無能為力了，我趁牛吃草與喝水時，撫摸牠的肚皮，碰到突起物，用力一摳，就是一隻肥壯如圍棋大小的牛蜱。

「當然是黑子，而不是白子。」牛蜱像在牛身上，下一盤牛無法主控的棋局，我愛清除牛蜱，像在收拾殘局，指甲一掐，血花爆出。牛這時也只是靜默看著我。那眼神沒有感激、沒有悲哀，沉默如我深夜凝望的眾多繁星，牠們眨呀眨地，我也眨呀眨地，卻是分屬不同領域的光，允許交會，但不能了解。

孩子，透過我的述說，牛不只是牛了。你高興地與牛合影。一次返鄉，巧逢三姊，要我幫她跟牛拍照，閃光燈閃爍，牛嚇一跳，後腿踢得老高，竄過來。我嚇得後退，三姊笑，怎麼變得沒膽，我們以前可得天天放牛去。我想起這事，叮嚀你，「別站太近哪，牛脾氣，很難說呢……」

離開童年，以及屬於童年的牛，我再怎麼「哞哞」學叫，都沒有能聽懂的牛，我再也走不近任何一頭牛了。孩子，你生肖屬牛，但願在長長的時間後頭，當我哞哞時，你還能給我一把草。

陪爺爺過長長的夜

他曾看過的砲彈
把金門夜空盛裝成一株過度
裝飾的聖誕樹、驅趕一家老小躲進
防空洞，做勇地、也必須地，
壓後潛進防空洞，
而這樣的父親漸漸老了，
老得必須孩子陪他過夜。

傍晚前，我跟孩子把幾十箱書一一上架。說是「協助」，孩子只負責割開封箱的膠帶，讓我打開手機WIFI，啟動電視，找新電視的新玩意。書籍在三重老家，文物出土一般，移走第一層才見第二層，書，像是越搬越多了。我搬來搬去、爬上爬下時，孩子已經悠哉坐沙發，看短片、卡通以及音樂。我很想出言讓他幫忙，筋骨老去，兼以搬動數日，骨盤跟腰部舊疾，隱隱然出土，但書籍不是孩子地盤，無法插手，我只能讓他掃一下陽台，安裝橡皮水管，灑洗一番。

我取了母親用過的水瓶，裝了些水，問孩子放哪裏好？我們擇定電視櫃上邊懸掛的桁架，左、右邊擺放我的獎牌。水瓶是登山等級，冷熱皆宜，在母親驟逝的混亂中，我沒忘記取走我贈與的水瓶。至少八、九年了，透明瓶身留有長期使用的摩擦細紋，「這麼小，能幹嘛呀？」母親當年是這麼說的。「短程的，像是拜拜、訪友，可以放在背包，減低重量。」

我給母親另一只更大容量的保溫瓶，讓她交換使用，上頭貼著母親的名字，那讓我看得傷心，猶豫間沒有立時收妥，後來不知被誰取走。我沒問，換做是母親，她也不會問。

淡水住家屬預售屋，母親知道我買房，談到時很有一絲驕傲，我故意「吐槽」，「阿母，買屋負債，是要成為屋奴的呢。」母親看著我，依然笑得開心。房子，在年初交屋，母親沒看過房，連大樓的輪廓也未曾見，就走了，我帶了母親水瓶，彷彿她也住進來。搬家當晚，我思念母親到深夜，痛哭中，警覺到一個水瓶哪夠呢？打算請一尊觀世音菩薩與母親做伴，再裝幀幾幅照片。

入夜後，我拿出一套孩子的換洗衣物，讓他試試新的浴間跟床，他沒有要留下，「今天晚上，堂妹不在，我得回去陪爺爺。」我內心一慟。

父親、母親常年鬥嘴，連誰生誰死，也拿來拌嘴，父親常常感嘆，「我中風、腸胃開刀，都嘛是猜我會先走……」中風那次，嚇壞家人了，除了病症外，還在於父親身強體健，渾然巨人。那一年秋天，大姊忽然來電說，父親中風了，人已送往淡水馬偕。父親中風卻由住桃園的大姊來報，顯得不合常理。我聽聞消息，並未細究，轟然間冷汗直流，幾秒內，已汗濕衣物。

後來得知，父親早晨刷牙，忽然歪斜，癱倒盥洗台。外甥女適住老家，見狀驚呼，驚動母親，急忙聯繫小弟，決定叫救護車，速速送醫。父親被母親扶至客廳時還說，「我休息一下就沒事了，不要吵到子女上班。」大姊自己當老闆，不算上班，加上母親需要參考她的意見，最快獲知。父親住院時，母親說父親像小孩，故意用力刷牙、用力吐水，以後可不能這般任性。母親邊說邊學，逗樂大家。這是父親病情好轉以後，在病房的輕鬆應答。

中風患者的前三小時，是黃金救援時間。二伯中風，人在田裏，無人及時營救，我回金門探望數次，返台北後，跟父親說二伯不再識得我了，父親說，「人老了，沒法度啦。」當時，父親剛動過左眼白內障手術，戴了副墨鏡。二伯中風跟父親動手術兩件事，都在陳述父親已經老了。我懷疑父親不服老的。父親沒讀多少書，他在金門捕魚、種田，在台灣扛水泥、搬磚頭，賴的都是氣力；他撫育六名子女，賴的也是氣力。父親身子硬朗，少有大病，他告訴我白內障手術日期時，語氣忐忑，母親接話說，小手術啦，外婆當時也是一樣。父親在那一刻，想必看見白內障跟中風失憶畫成一直線，線的旁邊是一些「老了」的註記，再過去呢？再過去呢？

父親對生死一事灑脫，是憨直還是徹悟，我也說不準。他常說，「人就是這樣子，命一條。」母親過世，父親灑脫不了，每天唸佛迴向。我再也沒有「阿母」可以喊，算一算，父親也幾十年沒喊阿爹、阿娘了，當他身為吳姓一族的族長後，也有一條直線記著他曾是孫子、兒子、父親跟祖父。當他被人喊阿公，該也想到喊人阿公的童年。誰還能記得曾是幼童的父親？誰還述說幼童父親曾做過的荒唐事？沒有了。我想起他扛機關槍參加民兵集合，想到他曾有一把隨時擦抹得亮晃晃的三尺長軍刀；他曾參加的搶灘，火彈在腳邊激起熱炙火花；他曾看過的砲彈把金門夜空盛裝成一株過度裝飾的聖誕樹，他曾驅趕一家老小躲進防空洞，做勇地、也必須地，壓後潛進防空洞。

而這樣的父親漸漸老了，老得必須孩子陪他過夜。父親常說，「我自己一個人，沒問題的。」我們不捨得他孤單，但我們又有扛起現實的壓力，最終，責任是落在孩子跟姪女身上。姪女上大學，打兩份零工，早出晚歸，沒有打工的孩子成為父親最長的陪伴。孩子吃過簡易晚餐，收妥東西回家，「自己注意安全，我不送你去搭車了。」我轉身繼續忙。天知道我多希望伴他下樓，看他平安上車，彷彿那樣的平安身影，就能牢牢跟緊孩子。

父親白內障手術後，我問他，「動手術時，有什麼感覺啊？」他說，聽見醫師在眼睛裏掏呀、挖的，挖了快一個小時。醫師說，白內障太熟了，不好取。還是，那是父親忘也忘不掉的往事，當然不肯輕易拭去？

生活苦難時，生死是看多了，命一條，來時艱難，去時常是容易而荒謬。對父親跟二伯來說，老、病，更比死亡可怕。

父親中風出院後，仍不習慣被當做病人，雖不服氣，終於認輸表示他的腿，較以往乏力了。但隔沒多久，又見他買了滿滿的菜，從市場走回來。母親驟逝，父親雖也力圖振作，但走動蹣跚，每逢一起外出，我都讓孩子扶著他。

一年了，扶爺爺這事，已不需要我再去叮嚀孩子了。

坐在孩子的副駕駛座

歡喜看你，走上自己的大道。
但是大道，還得從小路走起。
要讓夢想實現，猶如讓一輛車子啟動，
它們所依賴的不只是一個車子的輪廓，
而是整個內涵。

孩子，我們有許多位愛做夢的朋友，其中一位是顏湘芬。金門「水調歌頭」民宿主人。我跟你多次入住，古老的美好化做一磚一瓦，家具與字畫擺設、板凳跟古樸桌椅，舊與新不分家，而融合一起，給人好臉色。有一年我擔任金門駐縣作家，帶你密集往返，還恰恰迎上金馬影展在金門揭幕，侯孝賢、阮經天、馬如龍，以及久違的俠女上官靈鳳都列席。

我興奮地跟你說，「上官靈鳳是我的偶像，從小看她鏟奸除惡哪。」很可能，侯導跟阮經天擁有更多粉絲，但每一個人的偶像不同，就像每個人的夢，都長得不一樣。

孩子，你的夢呢？有一個記憶印象深。你手持衣架子當方向盤，在狹隘的客廳跑動。你時停、時進，模仿一條道路與它的崎嶇，你且轉彎了，衣架子左或右、幅度大或小。你夢想有一天能夠驅車，走向自己的路，但我常擔心你不知道，一輛車子能跑，不單是它是一輛車，它有輪胎、引擎、汽油跟水，要讓夢想實現，猶如讓一輛車子啟動，它們所依賴的不只是一個車子的輪廓，而是整個內涵。

金馬影展揭幕後，我們回到水頭民宿，湘芬恰在，陪著說話。她仔細打量你，「長這麼高了啊？」你羞赧低頭，很快回房去。孩子，你與我的藝文旅程，從你三個月大就開始了，許多人目睹你長大，前後對照襁褓與朗朗少年，都要驚訝大呼。我也常獨自返鄉，會議、演講或省親，都習慣住湘芬處。晚上小酌，白天沒事常晏起，如果沒有行程，就待在中庭曬陽光、發呆。我常為旅途備上讀物，等旅途結束，整頓行李時發現，白帶了，白沉了行李；或許耽看的故鄉情，更勝文字了。

經常，上午餐後旅客外出踏訪，民宿中只剩下庶務。有一回，湘芬進門，苦惱地看著天花板，「灰塵積得老高，怎麼擦拭啊？」我們好奇觀察、研究，建議找一把伸展竿，綁上掃把試試。這招管用，還真能清除高處塵埃。有一回夜深，湘芬突然來電，她經營的另一處民宿「定風波」，房間冷氣故障，委我查詢關心。湘芬經常吃好逗相報，我至少收過花生、醬菜等餽贈。

不說你不知道，孩子，經營一個夢，不只是外表的光鮮，更多雞皮蒜毛。我曾參加經濟部活動，拜訪台中新社，下榻退休夫妻經營的民宿。景觀佳，台中港遙遙可見，山姿環抱坐落，猶如英雄壯志。老夫妻不到八點，疲態盡露，後來他們坦白，低估了民宿營運的壓力，以為這事輕鬆閒淡、優雅，沒料到退休生活成了「二度就業」，正找合適的店家接手。開民宿的基礎，是對人的熱情，或者也該說，夢能否實踐，要看我們給夢想多少柴火？

許多人到遠處找夢。夢，能否是夢、是理想，不經碰觸、不經體會，也就沒有驗證的可能。台灣開放自由行，我常在西門町碰到尋路問址的大陸旅客，一次，兩位大學生跟你一樣生澀，臉頰冒了好幾顆痘痘；青春哪，不只是痘痘冒得洶湧，通常也會形成彈頭，並尋找準星的方向。我領路走了十多分鐘，直到他們的下榻處，揮手道別時，我知道再見無期，彼此長相都會淡忘了，但我記得他們逐夢的一小段旅程……。孩子，我不愛搬演喉舌，天天嘮叨，但我多麼渴望看到你，記得夢之美好，也要看到它們的繁瑣。

升大學前的暑假，你跟我說要學開車，語氣篤定、眼神堅毅，我有一陣恍惚，那個手持衣架子，把客廳當馬路的囝仔真的要走出去了，從住家到汽車教練場轉車辛苦，未聞你埋怨。也許你為了這張執照已經演練十多年，順利考取駕照，一年後，為了搬運部分細軟到他處，商借了車子，由你駕駛。我坐你隔壁，緊盯路況。我對於駕車、養車興致缺，但曾經騎車多年，趁紅燈，提及路況須知。

「我有個朋友，只會開車卻不知道得定期檢測機油跟水，一回，水箱都乾了，連累整個空調系統……」「駕車保持安全距離，尤其跟在貨車後頭，它高起的車斗讓人無法辨識前面的路況，上坡起步時，因為荷重經常倒退嚕……」我不厭其煩敘述行路風險，孩子，你手持的已不是衣架，所跑動的也非客廳，一切的保護都在你的耳目。

直到開了許多趟，我漸能鬆弛警戒，認真看著你，我的孩子，你已從在我肚皮碎步彈跳的小不點，長成可以為我開車找路。我是自豪、也是恍惚，我是父親，同時也受你照顧。孩子，人間事經常「相對論」，往昔爺爺餵你飯食，現在卻由你驅車帶我們前往餐廳；以前我帶你上學，現在是你自行前往。種種自然而然，都是生命熟成後，一代傳續一代，有一天我老去，不會就你的肚皮彈跳，而歡喜看你，走上自己的大道。但是大道，還得從小路走起。

我有許多愛做夢的朋友，多數是夢夢就算了，只有少部分人勇敢做夢，而且把這個夢做得很大、很具體，做成一個窩、一個家。顏湘芬不是侯孝賢、阮經天，她的鎂光燈不在螢幕，但她自有舞台，幾間民宿、幾百種繁瑣。孩子，我在副駕駛座，偏頭看你。你終於把衣架子變做方向盤，實現了人生第一個夢，我知道陪同你打球、踏青、賞鳥的機會越來越少，你會有自己的油表跟里程，只是天下父母心，我不免提醒你，幫車子以及自己，多喝水。

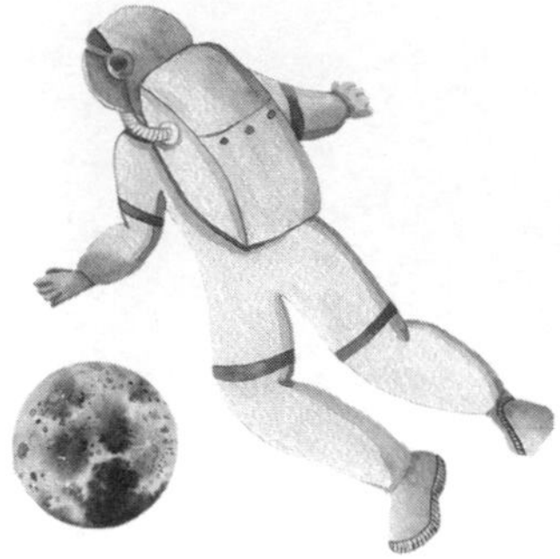

孩子越過那座山了

孩子，長大是慢、也是快，
正如這一會兒，我看見雲朵一躍而過，
從此那一座山，都將是遠的了。
我們的身分是變移的，
父子、朋友、玩伴，有時候我帶領你，
有時候你幫我找路。

父親很少到我家。附近沒有他熟悉的朋友，缺出走的動機，而若待在家，只能安坐客廳沙發，看電視、批朝政，不同的是居家擺設與雜物都多。一入玄關舉眼望鞋櫃，鞋子多了，無處擺，直接用紙箱堆疊。大門口右邊兩個木櫃，構成一個小平面，本有點吧台的意思，被我用CD「積木」，堡壘似的，且攻占疆域，蔓延到電視後邊的狹縫、左右音箱的畸零地；CD單薄，大量的CD便發揮了它的單薄特質，處處當家了。

父親說，「整個房屋裝得密密，親像無法呼吸。」

他偶爾來，都為了孫子。我出遠門，孩子乏人照料，給父親房間他也不睡，寧願就著沙發眠。孩子，我知道爺爺來看顧你，是你的天堂時光，父親後來跟我告狀，說你課後一個人在客廳，拿著遙控器不停遊戲。玩什麼，爺爺看不懂，只說跟著電視螢幕比手畫腳。我知道是Wii，你與自己的舞蹈。很可能沒人夜裏陪你，你感到不安，什麼燈不開，偏摸索出老舊燈具，一開，燈管馬上凝聚高溫，你的腦袋就那樣「曬」了一個禮拜。

那一週，那是你課業的「轉捩點」，國字、阿拉伯數字，統統紅了，我輕敲你的頭，腦袋瓜擱在燈光下，低溫烘焙兩百小時，也該熟了，「難怪這麼紅！」

父親形容的、我不在家的時候，孩子，你都讓自己出主意，那使我想到，我給你的天空還是不夠寬。你要的天空，是你自己的。我可曾像你一樣，強烈地希望長大？約莫小學六年級，你便不斷地喃喃，什麼時候能有自己的房間，你的述說不像哀求，而反覆叨念即將長大的事實。

那一年八月，你願望終於實現，我整理客房，添購上下鋪的床。你馬上邀請堂妹小住，兩個人棄舒適寬敞的地板，爬上床鋪頂層，說著在那個年紀才有的話題跟心事，上層的床彷彿成了祕密閣樓。

孩子，你有自己的房間，為了節省電費，入夏時依然與我同枕，那是你的房間，卻僅名義上的擁有，為了證明房間真是你的，你把書籍、書包等，往房裏堆放。我笑你，好像「狗撒尿」，狗在電線杆、公園圍欄等撒尿，以特殊氣味宣布領地，你則擺滿個人物件，宣示屬地。

孩子的房間原是「客房」，外婆、阿祖等親友來訪時，權宜小住。房間通風跟採光都好。孩子，你剛剛出生，也住這個房，你初來是「客」，久住、長大了離家，也是「客」？難道這是一則隱喻，但必須多年以後，我才驀然領悟。

你四千公克、五十多公分身長，靈魂痱瘵，雙目模糊，不知道鼻是鼻、眼是眼、手是手，鼻頰處，常見抓痕。你學站以後，我開始幫你量測身高，在書房的牆上標註你三歲以前的高度。雜物越長越滿，書房首先用滿額度，我改在客廳與廚房的門柱幫你記錄，四歲身高一百零一公分、六歲時一百一十六、八歲快一百三十公分，十三歲超過一米五。

我也有專屬自己、算計身高的門柱，最早是在三合院老家，我與春聯的第五個字等高，稍後是在三重父母家，十六歲時一米五，到十八歲，頓然拉長快二十公分，之後幾年，又艱難地拉高幾公分。然後服役、南下就讀大學，畢業後購置自己的屋子，卻不再記錄身高，同時，我再也不長高了。

不長高以後，我期待你長高。孩子，你有一陣子特愛記錄身高，常背對著門柱，要我量；我說，別一直量，時間短，看不出長進的，你不聽，硬是要量，門柱上記了滿滿的身高跟測量時的時間，一鑿一畫的筆跡像個梯子，你以學習攀爬、用米飯積高，你也用身高顯示證據，而頻頻測量的舉動，是否又在說，希望趕緊獨立長大。

你母親希望你趕緊長大，我則相反，希望你長慢、長緩、長得結實。孩子，我們的身分是變移的，父子、朋友、玩伴，有時候我帶領你，有時候你幫我找路。有一次，客廳燈具壞了，我找了水電行，「有吊扇，風速跟燈光，都能三段調整的那一種……」不貴的吊扇，修理起來很可能費事工資少，他們婉拒到府修理，逼得我購置零件，拿起鉗子、膠帶，站上板凳拆解。燈具裏頭竟有六種顏色的線，兩兩互搭，我掠過拿筆記錄這程序，嚷著說，「我要拆囉，幫我記得什麼顏色的線，該搭上哪一種顏色。」孩子，你不過四、五歲，卻是我的夥伴，你找對了顏色，頂上的燈又回到我們手上，「來，拉一下試試……」

果然能亮。

又幾年，你依然挨著門柱量，只是門柱前頭開始堆疊鞋櫃，你得側身了。我的身高標示長久不動，像一個指針，你不斷追趕上來。有一次搭電梯，你凝視穿衣鏡賊賊地笑，「爸爸，我好像看到你的頭頂了！」我偏頭看你，得撇高眼角了，從那一天起，你不再要我量測，很像一個廣告：

「他們在吵什麼啊？」

「他們在爭誰是第二……」

「為什麼呢？」

「因為第一，已經決定了。」

近來整理居家，擁擠的書房最早整頓，然後是玄關。孩子，該去看一下那一面牆，看一下你仰頭看我與找我的時光；再來看柱子的刻度，你漸漸收斂看我的角度。我的身高依然是一個座標，你超過我，卻沒註寫任何記號。

孩子，長大是慢、也是快，正如這一會兒，我看見雲朵一躍而過，從此那一座山，都將是遠的了。

我跟孩子撒嬌當法寶

孩子你得知道，
我裝小是希望你也小小的，
留一個童心不要長大……
而且在你越來越不需要我教導以後，
跟你撒嬌，
成為我少數可以教你的法寶了。

孩子，我記得你的「放肆」：在頂好結帳櫃前，扶著反白的欄杆跳啊跳，非得買糖果；逛累了市立美術館，我們就雙連站附近吃蒸餃，才坐下，你揚聲「走啦、走啦」，逼得我舉高雨傘，幾乎朝你打下去……。還有還有，我們跟叔叔一家，難得共行金門，爬現在的、也是我與叔叔的童年太武山，堂姊、堂妹都能自己走，唯有你耍賴要我揹。

「羞羞」，「羞羞」，嬸嬸食指畫臉頰嘲笑你，你佯裝沒看見，悶在我後背偷笑。孩子，我是你的天、你的地，你的被窩、你的童話。你知道我也撒嬌嗎？我只跟兩個人撒嬌，一個是媽媽，一個是你。我常把母親當女兒了，詼諧說她「笨」，活了大半輩子，看不懂連續劇與新聞。還好媽媽沒生氣，我的語氣挑剔，眼神跟腔調都在笑，我是裝大人，數落媽媽小女孩。與你就不同，我是裝小，縮你在你單薄的肩上，像討糖果似地，找你打棒球跟踏青。

撒嬌啊，是你童年的武器，上街主動牽我手，下公車前裝睡，硬是讓我單臂扛你，怎麼裝睡竟成了一個絕活？而我不忍喚醒你，而你終於知道爸爸的手臂也會痠，覺得撒嬌夠了，忽然醒來，兩隻眸子閃亮，沒有瘖瘂沒有霧。

我有點知道，所謂天倫之樂，主角看似爺爺與孫子，其實仍是父跟子，尤其是父，他所緬懷的，關於人子的童年，關於時間的絕決，為人父者多麼希望喊著「暫停」、「暫停」，把我的孩子還給我。

那一次與叔叔的金門之旅，我的確喊了一次「暫停」，當車子經過頂堡姑婆家時。車是借來的，塞了兩家人，幸好你們都小，後頭擠了你媽媽、嬸嬸、堂姊、堂妹，前頭叔叔開車，你則坐我腿上，挨擠副駕駛座，都還游刃有餘。叔叔握妥方向盤，卻不知開往何方，嬸嬸調侃，「金門人卻在金門迷路啊！」她不知道，金門三十年來改變幅度大，連最新的地圖都趕不上。我乖乖攤開地圖，坐在副駕駛座，小聲與弟弟商討該怎麼走。當時你已是公車迷，但還沒有熟背公車線與地圖，不然該讓你指報方向了。

車子經過頂堡。姑婆家住這兒，小時候我常騎單車載魚，到姑婆家。孩子，你不知道的是，農業古時代，人人都得早熟，大姑姑也是，國中剛畢業，娉婷貌美，被姑婆引薦當了雜貨店夥計，綽號「撞球西施」，顧雜貨、兼營冰果室與撞球間，應了「千里姻緣」這句話，姑丈一見動心，締結姻緣。記憶中，一個閃亮是大姑姑放假，從頂堡走路回昔果山，我們遙遙看見，都跑向前，姑姑說，「趕緊……」她帶的「凍凍果」都化了一大部分，但無損我們的歡欣；而今，各式冰品琳瑯滿目，「凍凍果」呀，已被時光凍成一只膠囊。

記得嗎，孩子，我跟叔叔商議拜訪頂堡姑婆，提醒叔叔放慢車速，極盡目力，想辨識以前經過的土坡、轉角裸露的石岩，還有姑婆家後頭，以前曾是司令台……。難怪有「腦海」一說，浪起浪跌，沙灘的足跡踩得再深、城堡再堆得堅固，始終一日潮汐。「沒帶伴手禮，還是下回再來吧。」我找了台階下，而在我們迷路找姑婆時，她該在下田、照顧孫子吧。

迷路時，我讓時間暫停了。載魚到姑婆家，她會打賞的，下午到，一頓飯食少不了，儘管我說吃飽了才來，但聲音虛弱，毫不果決，姑婆下廚的意願更被激勵了，不久麵條或者米粉上桌，配料有肉、有菜，十分氣派。與我分享的常是姑丈，儘管他也真的吃飽了，但面對肉香、麥香，他徐徐倒一小杯高粱，面對我，一個還不是酒伴的小孩，瞇著眼，飲食他的世界。

姑婆的孩子都不在家。我載魚去，常常跟她守著一大片空曠。姑婆有事情辦理去，我一個人在家，見著小孩騎的三輪車，雖過了騎它的身高，仍硬擠進去，在中庭兜圈子玩。騎三輪車也是姑婆的打賞，只是她不知道。我小心呵護自己的小祕密，到姑婆家像夾了個祕密。我耳聽八方終有一疏，姑婆的嫂子見我騎車，大吃一驚，我身軀擠在車子，肯定小丑般滑稽。三輪車不是姑婆家的，很可能她代我被念了一頓，但她未曾說，我也厚臉皮地不再提起。

孩子，你疑惑，三輪車不是每一個孩子長成的基本配備嗎？當然不是。我跟叔叔的童年，幾乎所有的「玩具」，都不是拿錢買的，而是走進樹林，製作彈弓、找合適的竹子抓蟬，不像你，在頂好超市胡鬧就有糖、有玩具，裝做假睡就有爸爸揹……，農業古時代，我跟叔叔很早就要獨立了。而且我「學會」跟阿嬤「撒嬌」，並不是童年，而是我過了四十、阿嬤過七十，我把阿嬤當自己孩子了。

我喜歡待在姑婆家側門，遮陽、風爽，我也移板凳到屋後，在木麻黃樹蔭下，看軍人在不遠的雜貨店說笑、打撞球，屋後的司令台再過去，有一間戲院，我可能在表哥的帶領下，進去過一回，但它們說不見，就不見了，雖然有那麼多個午後，我坐在板凳上，想著這風真好，這麵條真好吃……

幾年前縣長投票後，我騎車載阿嬤訪姑婆。仍是迷路，幸好找到姑婆電話，「就路邊過來，那棟大房子就是了！」姑婆說得篤定，我聽得模糊，而今金門處處大房子了，還好撥電話所在離姑婆家不遠，阿嬤聽到回音了。

孩子，很可能我撒嬌的對象有三個人，你、阿嬤以及你不曾見過的姑婆，他們都熟悉我的「小時候」，喊我「紅花龍」、「大頭丁仔」等暱稱，不同的是我在童年跟她們撒嬌，卻在中年了，故意與你裝小。孩子你得知道，我裝小是希望你也小小的，留一個童心不要長大……而且在你越來越不需要我教導以後，跟你撒嬌，成為我少數可以教你的法寶了。

我和月娘的小祕密

孩子，
你就要成年了，
但我們約定好，
同在一個屋簷下，
我們所寫的童話也就不要長大了。

我家很少過中秋。對父母來說，中秋只是初一、十五，一個拜拜日，月圓與否，真是天上的事。孩子，你可曾注意到這個詭異，在電視大幅放送烤肉醬廣告，當興奮的鄰居被月色慫恿，提早幾天就在自家門口，砌上烤盤、疊放肉片，再隆重地在腳跟擺上一手啤酒、幾罐汽水，我們家就是靜默不動。我們彷彿修行了，當旁人不斷放送烤肉香氣時。

孩子，我們有兩次特別的烤肉經驗，而那兩次都是災難。那回，我們終於熬忍不了中秋等於烤肉的折磨，心裏縱有千般不願意，「隨俗」地買了木炭、肉片以及甜不辣。從小你就是我的夥伴，萬事就緒，問題來了，「要在哪裏烤啊？」公園不能、紅磚道不許，一個方式是到社區中庭，與鄰居依偎如情人，彼此借一把火取暖，但我們很快否決。

我們純「應景」，菜色寒酸，毫無誠意烤就一片月色，我們決定移開衣服，在陽台烤。「來，把火種埋在木炭下……」儘管是我在生火，但我必須讓你知道，萬一有一天你外出露營、或者不幸地落單荒山，手持不多的火種跟木柴，你得知道怎麼生火。像是你不愛騎機車，而是公車迷，那次一起返回故鄉金門，我仍教你騎車，「萬一有一天，你被野狗圍、被壞人追，而旁邊剛好有一輛插著鑰匙的機車，你該騎上車還是跑給他們追？」所以哪，換燈泡、門鈴、修水龍頭等，我都喚你來看。

火生起來了，通風不佳，煙冒得厲害，「快，拿電風扇，再搞下去，煙這麼多，不久，消防車可能都來了……」到底後來肉有烤熟、甜不辣可順利抹上醬料？我都不知曉了，那是我跟你的中秋，我好奇，怎麼沒與爺爺奶奶一起過？

應該是隔一年中秋，三姊特地邀了弟弟與我們一家，到她家頂樓烤肉。父母依然沒來，那也是我少數記憶深刻的，在中秋夜與家族的團聚。吃飽、喝足，原該輕鬆剝文旦、淺嘗月餅，但情況難得，你與堂姊、堂妹嬉戲。當時，你飛著一般摔出去時，我的手掌距離你，就一個手掌遠。你坐在辦公室用椅，能旋轉的那種椅子，堂姊搖著你，初時緩緩搖、然後漸漸力粗，最後索性用出急轉彎的蠻力，孩子，你整個飛出、跌落，你一沾到地板，下一秒鐘我已趕到，抱起你，但是來不及了，你的痛只能自己承受，你哇哇地哭，滿嘴是血。

那一年中秋月，變成牙科問診夜，還好你跌得快，診所還沒關，牙輕微鬆動，沒有大礙。回家後不久，奶奶打了電話關心你，「沒事，幾天不咬硬物就好了。」關於牙齒，奶奶曾經有一個魔術，她跌一跤，沒有腦震盪、沒有挫傷，上排牙齒承受了力道，奶奶吃一驚，怎麼嘴巴閉不起來了，變成「暴牙」。耍寶的奶奶、不可思議的媽媽，不看牙醫，自己當牙醫，直接把暴露的一整排牙，往裏頭壓下去，「扣地一聲，好像金屬扣環。」奶奶在電話那頭述說她的牙齒公案，當時你還流著淚。我仍不懂，中秋哪，世人皆團圓，在我家卻各自過。

會是爺爺常說的，「月娘，再怎麼看都嘛是月娘，有什麼好看？」還是奶奶得在中秋拜拜，沒有餘力處理菜肴了。或者子女無心，我們等待父母幫我們畫圓，而遺忘了人人都有能力畫呢？孩子，好多細節的疏忽都是因為它們太「細」，而被「節」掉了，你注意過嗎？我們家幾乎不說「再見」、不喊「早安」，當我跟爺爺奶奶告別，不說「再見」，而說「我要回去了」，他們也不說「再見」，忙著問，「水梨帶了嗎、蘋果帶了嗎？」

孩子，我們常用一些繁複的肢體跟語言，來說著這簡單的兩個字。

所以我珍惜與你的獨處。臥床上，在你小時候，我陪你就寢前，常常東扯西聊幾十分鐘，述說的童話有轉摘以及原創、單元劇跟連續劇，可惜沒錄音，也疏於記錄。還好我們天天複製一件事情，都忘了那是你多大時，我親吻你臉頰輕聲說，「小雨的祕密。」你回應，「爸爸，我愛你。」你覺得虧大了，過了一段時間推敲，當我再說密語時，你加了一句問話，「爸爸的祕密……」我靠近你耳畔說，「小雨我愛你。」

「小雨的祕密。」「爸爸，我愛你。」「爸爸的祕密……」「小雨我愛你。」

孩子，你就要成年了，但我們約定好，同在一個屋簷下，我們所寫的童話也就不要長大了。

這一年，我們陪爺爺過秋節，你的兩個堂哥也來了。我記得大堂哥的一個片段是他屁股挨我揍，三歲的他非常狐疑，怎麼有人敢打他的黃金屁股？他可是小王子。他納悶轉身，滿臉不相信。二堂哥從小福態，你有次住阿伯家，隔天由二堂哥帶你上學。他可能小五、小六，卻從容穩重。二堂哥坐在客廳我旁邊，下顎寬厚，臉頰飽滿，我禁不住像小時候一樣，拍臉頰、撫下顎，都忘了他已經二十有五，就讀研究所了。

近午拜拜，伯母擲筊問奶奶、先祖吃飽了嗎。下午，弟弟一家陸續散去，我晚上離開時，三姑姑、阿伯都還在，孩子，你也在。如果你外出，或在窗邊站一會兒，都會聞到烤肉香，也許我們就是不愛木炭佐月色，也許我們讓天空跟月亮團圓，或者，我們的秋節不在夜裏，而在近午時分，當銅板一正、一反，帶了點喜悅地，安躺成兩個圓圈時。

孩子，這是我所能述說的，關於中秋，屬於我的小祕密。

回憶打著大大的糖果結——給孩子的情書

國家圖書館出版品預行編目（CIP）資料

回憶打著大大的糖果結：給孩子的情書／吳鈞堯做.
-- 初版. -- 台北市：九歌, 2018.11
面；公分.
ISBN 978-986-450-221-9（平裝）
855 107017501

作　者——吳鈞堯
責任編輯——陳淑姬
創 辦 人——蔡文甫
發 行 人——蔡澤玉
出　版——九歌出版社有限公司
台北市 105 八德路 3 段 12 巷 57 弄 40 號
電話／02-25776564・傳真／02-25789205
郵政劃撥／0112295-1

九歌文學網　www.chiuko.com.tw

印　刷——晨捷印製股份有限公司
法律顧問——龍躍天律師・蕭雄淋律師・董安丹律師
初　版——2018 年 11 月
定　價——260 元
書　號——F1296
ISBN——978-986-450-221-9（平裝）